BIRDS
IN THE DRAWER

쓸모없는 사물 도감

쓸모없는 사물 도감

펴낸날 2024년 3월 11일
지은이 방윤희

펴낸이 조영권
만든이 노인향
꾸민이 ALL contents group

펴낸곳 자연과생태
등록 2007년 11월 2일(제2022-000115호)
주소 경기도 파주시 광인사길 91, 2층
전화 031-955-1607 팩스 0503-8379-2657
이메일 econature@naver.com
블로그 blog.naver.com/econature

ISBN 979-11-6450-060-4 03810

쓸모없는 사물 도감

일상에서 찾아낸 자잘한 아름다움

방윤희 글 · 그림

자연과생태

차례

받은 것

사거나 만든 것

이 작업의 시작은 이랬습니다. 이사를 앞두고서 저는 자연스레 가져가야 할 것과 버려야 할 것을 머릿속에서 나누기 시작했습니다. 용도가 있는 살림살이야 당연히 가져가야 하지만 그렇지 않은 물건의 앞날은 불투명할 수밖에 없었지요. 아쉬운 마음에 버려질 것을 자꾸 눈에 담다 보니 이런 물건에 대해 기록해 보고 싶은 마음이 솟구쳤습니다.
처음에는 이사를 가면서 버려야 하는 물건만 기록하려고 했는데 목록을 만들고자 이런 물건에 대해 집중해서 생각하다 보니 이와 결이 비슷한 사물이 계속 떠올랐습니다. 이들은 곧 '쓸모없는 사물'이라는 한 카테고리로 묶였습니다. 여기서 말하는 쓸모는 실용성, 재화적 가치를 포함하지요. 반면 이 쓸모없는 사물들에는 일상에서 찾아낸 자잘한 아름다움이 편지처럼 담겨 있었습니다. 저는 이렇게 발견해 낸 아름다움을 조금이라도 더 간직하고 누리고 싶었습니다.
효용 가치를 잃은 물건도 나름의 가치가 있다는 것을 알고 바라봐 주는 일. 저는 이런 일을 아름답다고 표현합니다. 아름다움은 성별, 나이, 빈부나 교육 수준 차이를 떠나 누구나가 삶에서 느낄 수 있는 가장 큰 가치입니다. 누구나 예술 영역에서 공식적으로 인정받은 아름다움에 별 감흥을 느끼지 못하거나 아는 만큼 보인다는 말에 소외감을 느껴 본 적이 한번쯤은 있을 겁니다. 어렵게 여겨지는 아름다움을 꼭 이해할 필요가 있을까요? 일상에서 자연스레 느끼는 아름다움만으로도 삶은 얼마든지 풍요로울 수 있는데 말이지요. 열린 마음으로 자연과 삶을 들여다보면 어렵지 않게 자신만의 아름다움을 찾고 느낄 수 있다고 생각합니다.
쓸모없는 것을 찾고 기록하는 일은 사물과 제 자신의 관계를 들여다보는 일이기도 했습니다. 저와 함께한 사물은 영감이나 편안함, 만족감 등으로 끊임없이 제게 영향을 미쳤습니다. 그래서 이런 사물을 가만히 보고 있자면 어쩐지 제 모습이 보이는 것 같아 자신에 대해서도 깊게 생각해 보고는 했습니다.
이처럼 저와는 별개 존재였던 사물과 관계를 맺으며 저는 제 자신을 새로이 인식해 나간다는 것을 깨달았습니다. 공간과 시간 속에서 사물을 인식하고, 그런 경험과 기억이 차곡차곡 쌓여 제가 되었고, 제 세상, 제 삶이 이루어졌다는 것도 말이지요. 그렇다면 태어나서 죽을 때까지 모든 여정을 사물과 함께하는 우리의 삶은 곧 사물의 삶이라고 할 수 있지 않을까요.

우리는 사물에
정서를
마음을
자아를 담으니까요.

주운 것

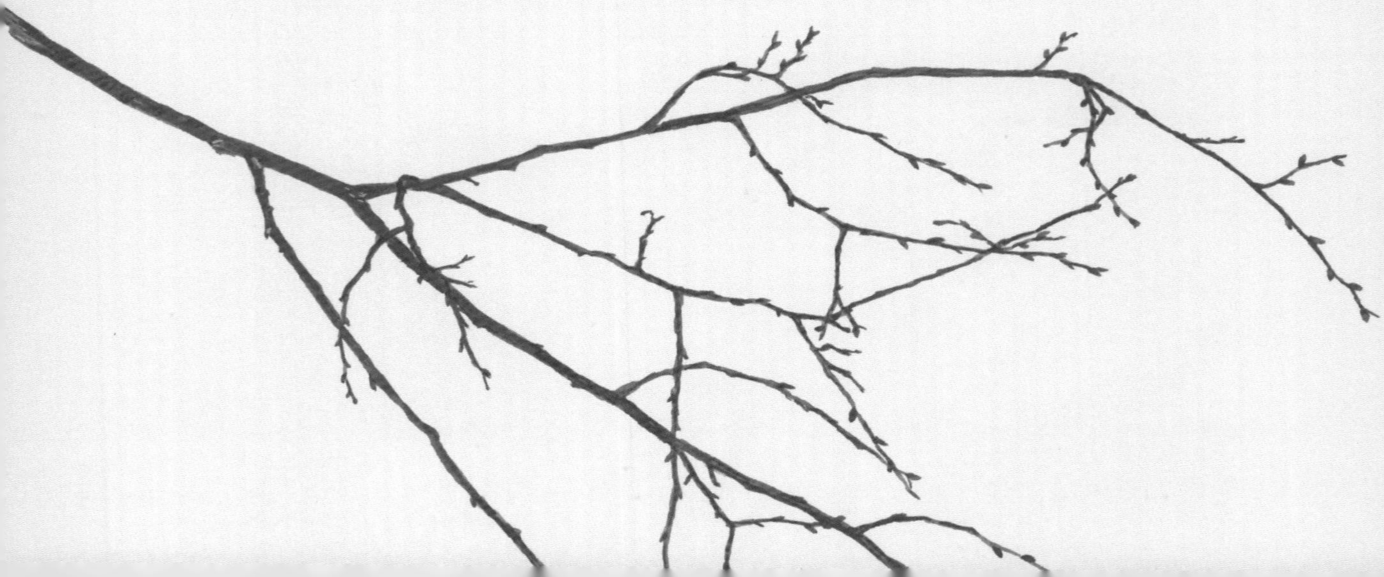

저는 가끔 길에 떨어진 나뭇가지나 열매 따위를 주워 오고는 합니다. 바닥에 떨어진 것 중에 형태가 온전한 것을 보면 마치 생각지 못한 사은품이라도 얻은 것 마냥 굉장히 신이 나요. 하지만 이런 것은 대개 쉽게 부서지는 터라 집 근처에서 발견하거나 가방, 상자같이 담을 거리가 있을 때만 주워 올 수 있습니다. 대충 주머니에 넣어 오래 이동하면 그사이에 쓰레기가 되어 버리거든요.

주워 온 것은 대부분 한 공간에 둡니다. 그곳을 가만히 들여다보며 생각해 봤습니다. 나는 왜 이런 것을 자꾸 주워 올까? 아마 산책할 때 기분을 계속 느끼고 싶어서 그런 것 같습니다. 평소 긴장을 많이 하는 편이라 낯선 장소에는 잘 가지 않고, 대신 특별한 목적 없이 약간의 흥과 콩알만 한 호기심을 품은 채 동네를 어슬렁거리고는 한답니다. 익숙한 장소가 주는 편안함 속에서 계절의 흔적을 눈, 코, 귀, 피부에 담노라면 마음이 푸슬푸슬 녹아내리는 그 느낌이 참 좋아요.

소나무 가지

동네 산길을 걷다가 땅바닥에 떨어진 40센티미터 남짓한 가지를 발견했습니다. 누군가가 멀쩡한 가지를 우악스럽게 꺾고는 땅바닥에다 버렸는지 여전히 파릇파릇한 잎이 수북하게 달려 있었습니다. 바늘잎나무의 아름다움이 가득했기에 그냥 내버려 두기는 아까워 주워 왔지요. 책상 벽 위쪽에 걸어 둔 가지의 잎은 시간이 어느 정도 지나자 녹색에서 짙은 갈색으로 변해 버렸지만 쉽게 떨어지지는 않더라고요. 새침한 갈색 잎을 바라보면 어린 시절 소나무 잎을 긁어 자루에 담아 와 아궁이 불쏘시개로 썼던 기억이 떠올라 마음이 푸근해집니다. 그런 기억 덕분에 지금도 소나무 잎이 수북하게 쌓인 곳을 걸으면 마음이 따스해지고요. 이 멋들어진 소나무 가지는 4년 정도 우리 집에서 존재감을 뽐냈습니다.

느티나무 가지

태풍이 아니더라도 바람이 매우 세차게 불 때면 약한 가지는 견디지 못하고 바닥에 떨어집니다. 자연의 가지치기일지 모르겠네요. 이 가지를 주워 올 때만 해도 밝은 초록 잎은 하늘하늘거렸습니다. 연둣빛 열매도 가지에 알알이 달려 있었고요. 그런데 바싹 마른 후에는 잎 하나하나가 제각각 자기 좋은 방향으로, 뾰글 파마라도 한 듯 마구 구불거리며 고집 센 모습으로 변해 버렸습니다. 처음에 청초했던 모습은 시간이 가져가 버렸네요.

회양목 가지

동네 조경수를 정비하는 날이면 미처 자루에 담기지 못한, 잘린 가지들이 길가에 즐비합니다. 회양목은 잎이 단단해서 땅에 떨어져도 금방 상하지는 않아요. 작고 생김새도 단순하니 귀여워서 대충 마음에 드는 가지를 주워다 집 아무 데나 놓아도 썩 어울리는 '만능템'이랍니다. 초록빛이 오래가는 편이고 바짝 마르더라도 잎이 살짝 위로 말린 모양새가 꼭 무게를 벗어던진 듯 가벼워 보입니다.

벚나무 가지와 버찌

초봄 매서운 바람에 꽃눈을 가득 단 가지가 통째로 꺾여 길에 나뒹굴고 있었습니다. 조금만 더 있으면 꽃을 피울 수도 있었을 텐데. 왠지 가지가 안쓰러워 주워 왔어요. 커다란 나뭇가지 하나만 놓았을 뿐인데 공산품 가득한 방에 자연의 느낌이 물씬 풍겼어요.

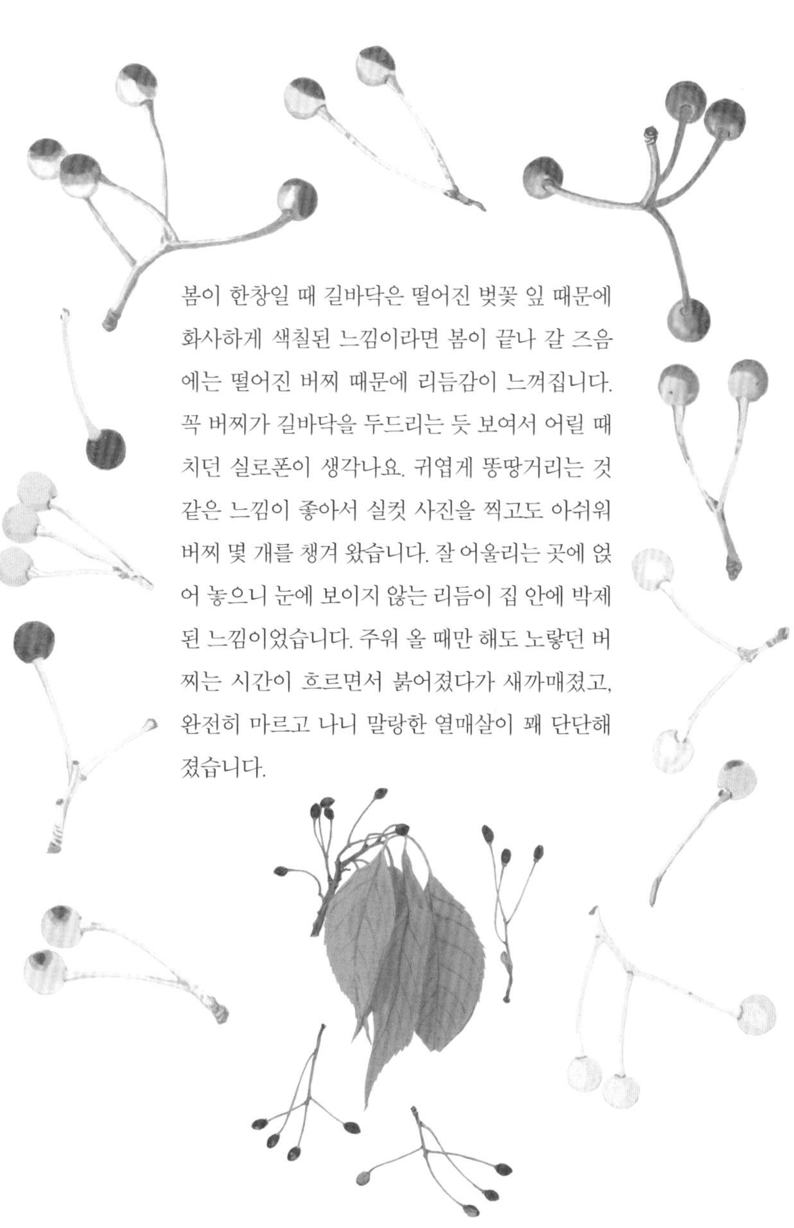

봄이 한창일 때 길바닥은 떨어진 벚꽃 잎 때문에 화사하게 색칠된 느낌이라면 봄이 끝나 갈 즈음에는 떨어진 버찌 때문에 리듬감이 느껴집니다. 꼭 버찌가 길바닥을 두드리는 듯 보여서 어릴 때 치던 실로폰이 생각나요. 귀엽게 똥땅거리는 것 같은 느낌이 좋아서 실컷 사진을 찍고도 아쉬워 버찌 몇 개를 챙겨 왔습니다. 잘 어울리는 곳에 얹어 놓으니 눈에 보이지 않는 리듬이 집 안에 박제된 느낌이었습니다. 주워 올 때만 해도 노랗던 버찌는 시간이 흐르면서 붉어졌다가 새까매졌고, 완전히 마르고 나니 말랑한 열매살이 꽤 단단해졌습니다.

사철나무와 찔레와 수국

전에 살던 동네 개천가에는 곳곳에 사철나무가 심겨 있었습니다. 어느 날 보니 이유는 모르겠지만 멀쩡한 가지가 떨어져 있길래 주워 왔지요. 떨어져 있던 가지지만 워낙 튼튼해 물로 막 씻었는데도 괜찮았습니다. 9년 정도 지난 지금도 그대로랍니다. 먼지는 꼬질하게 끼었지만요.

아, 이건 고백해야겠습니다. 이 찔레 가지는 꺾어 온 거예요. 전에 살던 동네에는 포장된 채로 버려진 후미진 길이 있었습니다. 동네 주민이 걷거나 강아지와 산책할 때만 다니는 곳이었지요. 그 길은 끄트머리가 산과 이어져 이런저런 나무가 있었고, 길과 가장 가까운 곳에 큰 찔레나무가 있었습니다. 어느 날 남편과 산책하다가 그 나무에 초록색 열매가 하도 탐스럽게 열렸길래 예쁘다고 했더니 남편이 "꺾어 줄까?" 하더라고요. 주위를 둘러보고 저는 얼른 "응." 이라고 대답했어요. 이후에도 몇 번 예쁘다, 꺾어 줄까 하는 일이 있었지만 양심에 찔려서 더는 싫다고 했답니다.

오래전 친구들과 수목원에 놀러 갔다가 바닥에 떨어진 마른 수국 송이를 주운 적이 있습니다. 친구 중 하나가 마음에 들어 해서 줬지요. 그런데 동네 공원에서도 똑같은 수국을 만난 거예요. 반가운 마음에 예쁘게 마른 가지를 고르느라 함께 있던 친구와 주위를 한참 서성였습니다. 함께 수국 가지를 주웠던 친구는 이사하며 가지를 버린 것 같아요. 아마 대부분 사람은 그럴 텐데 저는 왜인지 그러고 싶지가 않았습니다. 그래서 부서지지 않도록 뽁뽁이로 말고 단단한 여행 가방 안에 넣어 가지와 함께 이사를 왔습니다. 만약 지금이라면 저 또한 이사할 때 가지를 버렸겠지만 그때는 '줍줍 생활'이 오래지 않았을 때라 주워 온 것이 더 애틋하게 여겨졌던 것 같습니다.

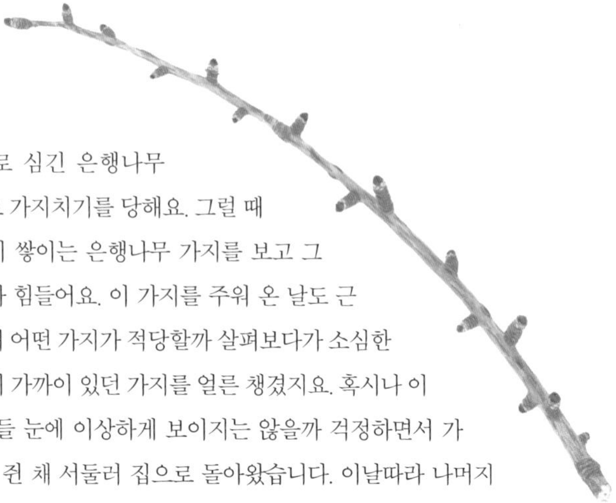

나뭇가지

동네 가로수로 심긴 은행나무
는 정기적으로 가지치기를 당해요. 그럴 때
길가에 수북이 쌓이는 은행나무 가지를 보고 그
냥 지나치기가 힘들어요. 이 가지를 주워 온 날도 근
처를 서성대며 어떤 가지가 적당할까 살펴보다가 소심한
성격이라 손에 가까이 있던 가지를 얼른 챙겼지요. 혹시나 이
런 행동이 남들 눈에 이상하게 보이지는 않을까 걱정하면서 가
지를 손에 꼭 쥔 채 서둘러 집으로 돌아왔습니다. 이날따라 나머지
손에 들린 장바구니가 더 무겁게 느껴지더라고요.

겨울에 산에 갔다가 꺾인 채로 나무에 매달린 가지를 봤습니다. 쪼글하
게 마른 분홍 열매가 허연색으로 덮인 것이 예뻐 보여 주워 왔습니
다. 집에 가져와서 보니까 열매는 분홍빛이라기보다는 보랏빛
이 돌았습니다. 이곳저곳 옮겨 가며 벽에 핀을 꽂고 'ㅅ'자
모양으로 걸어 뒀더니 어디든 잘 어울렸습니다.

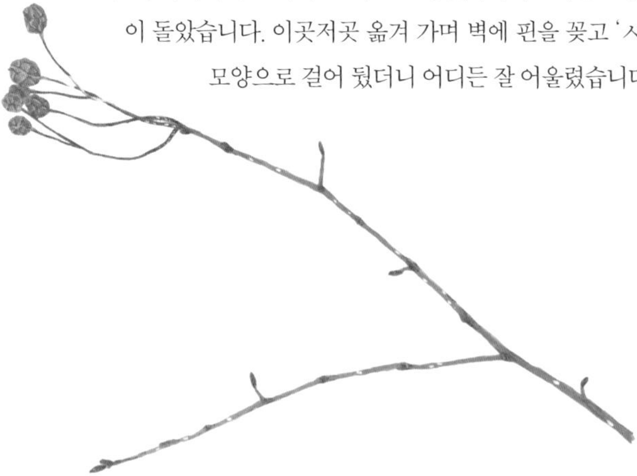

작은 나무토막처럼 생긴 옹골진 회색 나뭇가지를 주웠습니다. 누가 일부러 이런 모양으로 잘라 놓고 버린 건지는 모르겠지만 이렇게 아름다운 형태 나뭇가지를 주울 수 있었던 것은 행운입니다. 예전에 홍삼 진액이 들었던 작은 갈색 병이 귀여워 버리지 않고 있었는데, 그 작은 병에 토막 가지를 꽂아 놓으니 안정감이 들고 잘 어울리더라고요.

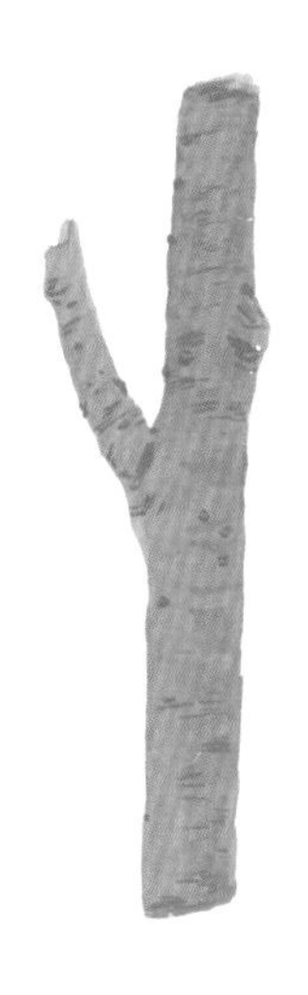

열매 달린 물오리나무 가지

솜이 없는 목화 가지

나뭇잎

요즘이야 해외여행이 별일 아니라지만 저 같은 집순이에게는 여전히 정말 큰 마음을 먹어야 할 수 있는 일입니다. 몇 해 전, 제 인생에 다시없을 큰 마음을 먹고 프랑스에서 시작해 스페인을 거쳐 포르투갈에서 끝나는 조금 긴 여행을 한 적이 있습니다. 여행길에서도 '줍줍 생활'은 여전했습니다.

스페인 세비야의 미술관에 갔을 때입니다. 근처에 매우 큰 나무가 있었고 바닥에는 노란 잎이 잔뜩 떨어져 있었습니다. 나무 그늘에서 쉬는 사이에 자연스레 노란 잎으로 손이 갔고 노트 사이에 끼워 여행하는 내내 함께 다녔습니다. 집에 와서는 잎을 종이에 붙이고 주운 날짜까지 적어 액자에 넣어 놨지요. 베르사유에 갔을 때는 땅에 떨어진 장미 꽃잎을 보고 〈베르사유의 장미〉라는 만화가 떠올라서 몇 개 주웠는데요, 아쉽게도 노트 속에서 구겨지는 바람에 액자에는 넣지 못했습니다.

잎 달린 도토리

도토리가 잎을 단 채로 사방에 떨어지던 계절이었습니다. 모두 멀쩡해서 어떤 도토리를 주울까 행복한 고민에 빠져 있는데 저만치서 숲 교실 선생님이 아이들에게 이야기하는 소리가 들려왔습니다.
"도토리거위벌레는 도토리에 구멍을 뚫어서 알을 낳은 다음 가지를 잘라서 떨어뜨린답니다. 잎째로 떨어뜨려야 부드럽게 떨어져 알이 다치지 않으니까요. 안전하게 바닥에 떨어진 도토리 속의 벌레는 도토리를 먹고 자라요."

저는 그날 도토리를 줍지 않고 돌아왔습니다. 대신 집에 와서 며칠 전에 주웠던 도토리를 유심히 살펴봤습니다. 과연 바늘구멍만 한 깨끗하고 동그란 구멍이 뚫려 있었습니다. 혹시 이 구멍 속에 있는 도토리거위벌레 주니어가 우리 집을 활보하지 않을까 생각하니 조금 염려스럽기는 했지만 그렇다고 버릴 수도 없어 그냥 책상 위에다 방치해 뒀습니다. 며칠 뒤에 보니 잎은 말랐고 도토리는 쪼그라들어 깍정이에서 분리됐더라고요. 어쩐지 미래의 씩씩한 도토리거위벌레 한 마리를 사라지게 한 것만 같아 미안해졌습니다.

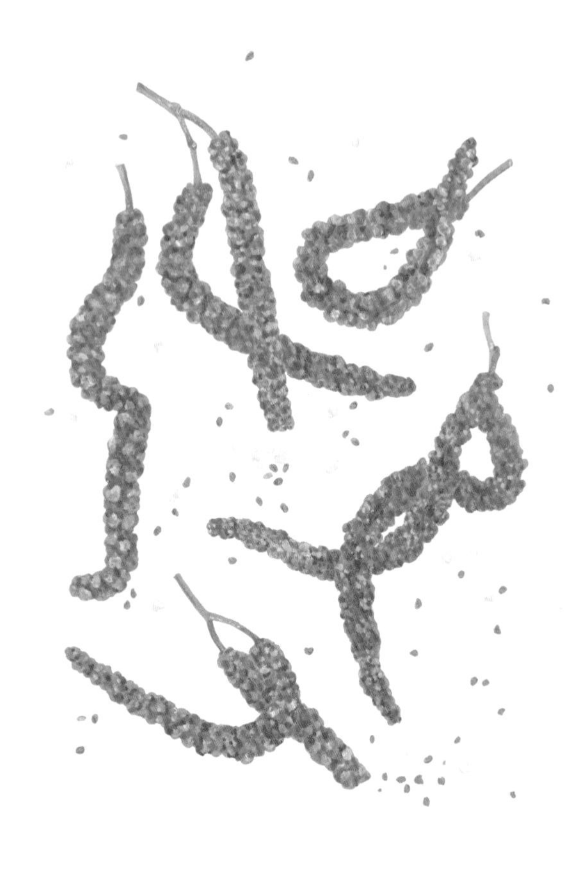

물오리나무 꽃과 열매

이른 봄이면 열매인지 뭔지 모를 기다란 것들이 길바닥에 다양한 포즈로 떨어져 있는 것을 볼 수 있습니다. 물오리나무 수꽃이에요. 흔히 가장 먼저 피는 꽃으로 진달래를 떠올리지만 물오리나무 꽃도 꽤 일찍 핀답니다. 요즘은 기후 변화로 꽃들이 순서 없이 피기는 하지만요. 길바닥에 제멋대로 떨어진 물오리나무 꽃이 사실 예쁘지는 않습니다. 그런데도 하나를 주워 와 오래도록 벽에 걸어 두고 바라봤던 것은 칙칙하고 말라비틀어졌어도 그 안에 고유한 '아름다움'이 있다고 느꼈기 때문입니다.

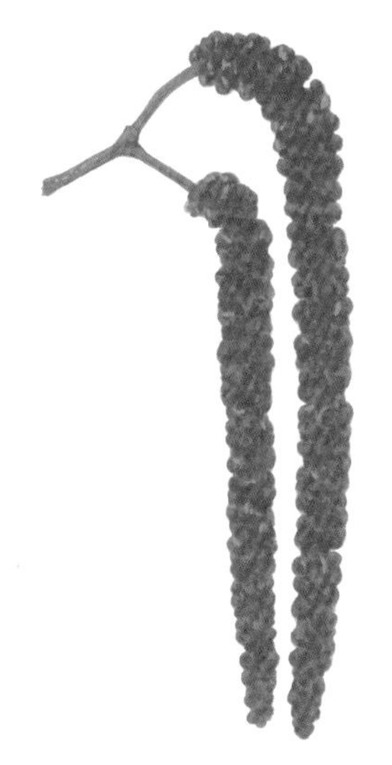

물오리나무 열매도 집 앞 길가에 흔히 떨어져 있습니다. 자글자글한 주름이 꽉 차 있고 동글동글한 생김새가 독특해서 자꾸만 줍게 됩니다. 그런데 자글자글하다는 것은 쉽게 부서진다는 뜻이기도 하더라고요. 열매를 주울 때마다 가루가 떨어져서 이제는 줍기보다는 가만히 살펴보기만 해요.

솔방울

동네를 산책하며 떨어진 솔방울을 관찰해 보면 저마다 생김새가 다른 것을 알 수 있습니다. 지금 사는 동네에는 길쭉한 스트로브잣나무 솔방울이 가장 흔히 보입니다. 한창 자라나는 녹색 열매는 어딘지 목련 열매와 닮았습니다. 물론 다 익으면 생김새가 아예 달라지기는 하지만요. 다 익어 어두운 갈색으로 변한 스트로브잣나무 솔방울이 산책로에 줄지어 떨어진 모습을 보면 꼭 커다란 송충이들이 행진하는 것처럼 보이기도 합니다.

시월 초, 동네를 산책하다가 자그마한 녹색 솔방울을 하나 주웠습니다. 솔방울을 손에 쥐고 집으로 돌아가다 무지개를 만났습니다. 익숙한 눈썹 모양이 아니라 웃는 입매처럼 거꾸로 뜬 무지개였습니다. 신기한 모습에 열심히 사진을 찍었지요. 집에 와서도 무지개 사진을 보느라 솔방울은 뒷전이었습니다. 그릇에 담아만 놓고 며칠을 까맣게 잊고 지내다가 집 안에서 왠지 모를 이질감이 느껴져서 주변을 살펴봤습니다. 생소해 보이는 갈색 물체가 눈에 들어왔고, 심지어 이 물체는 무언가를 토해 내고 있었습니다. 세상에! 며칠 전만 해도 녹색이던 솔방울이 그새 갈색으로 완전히 탈바꿈했고, 솔방울이 열심히 토해 내던 것은 날개 달린 씨앗이었습니다.

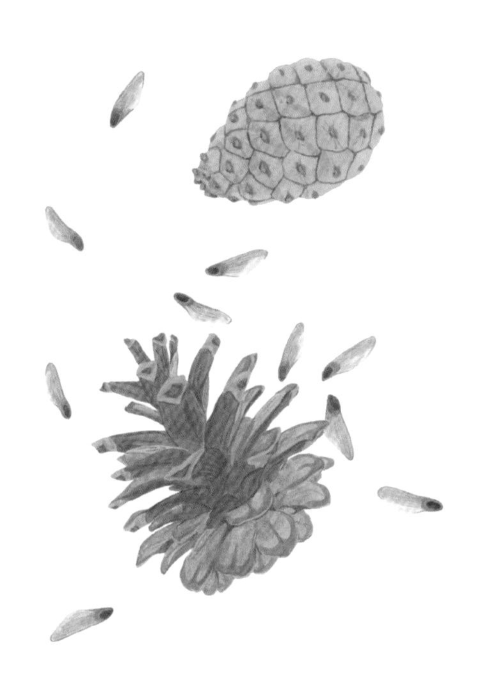

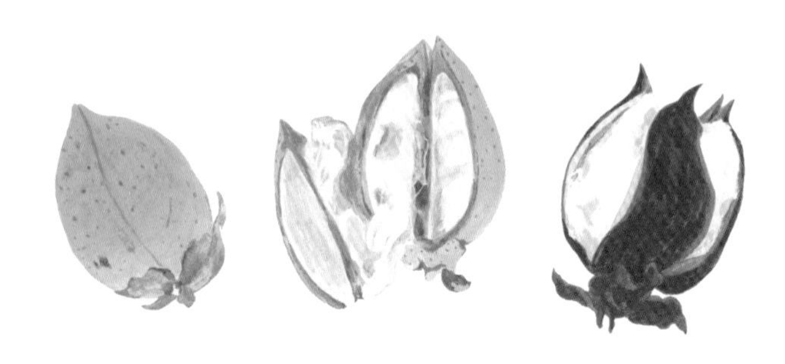

목화 열매

자주 산책하던 개천가에서 목화 열매를 발견했습니다. 조경용으로 흔히 심는 식물은 아니기에 요모조모 열심히 살펴봤지요. 그리고 떨어진 열매 중에서 성해 보이는 것 하나를 주워 왔습니다. 얼마쯤 지났을까요, 목화 열매 겉껍질이 바깥으로 벌어지더니 안에 있던 하얀 솜이 뭉게뭉게 올라왔습니다. 목화 열매 안에 든 솜을 본 것은 처음이라 깨끗하게 간직하려고 작은 유리병에 담아 놓았습니다.

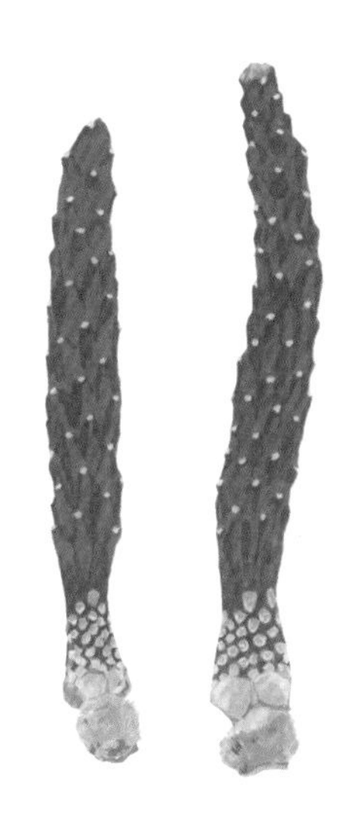

목련 열매

봄이 시작될 무렵, 목련은 꽃눈의 털옷을 떨구기 시작합니다. 시간이 조금 지나면 커다란 꽃잎을 떨구고요. 기온이 차츰 오르면 자그마한 초록 열매가 떨어지기도 합니다. 채 자라지 못하고 떨어진 초록 열매가 마르면 어두운 갈색으로 바뀌고, 중간중간 밝은 무늬가 도드라지는데 그 모습이 꽤 세련돼 보입니다. 열매는 한창 더워질 즈음에 울룩불룩해지다가 가을에 붉게 익습니다. 그리고는 알알이 박혀 있던 주홍색 열매가 모습을 드러냅니다. 둥그스름한 모양과 색감이 예뻐 주워 오고는 합니다. 그러다가 시간이 흘러 색이 빠지고 그냥 진한 갈색으로 변해 버려 이게 뭘까 하며 한참을 들여다본 적도 있어요.

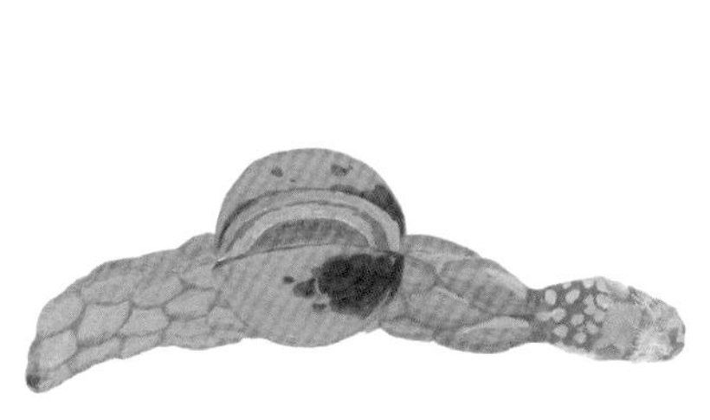

칠엽수 열매

도심 작은 공원에서 꽤 크고 껍질이 두꺼운 열매를 봤습니다. 언뜻 양버즘나무 열매와도 비슷해 보였습니다. 사진을 찍은 다음 도감에서 찾아보니 칠엽수 열매였습니다. 칠엽수를 마로니에라고도 부르는 것 같아서 조금 더 알아보니 제가 본 칠엽수는 일본이 고향인 나무이고, 마로니에라고 불리는 나무는 유럽이 고향이며 가시칠엽수 또는 서양칠엽수로 불리는 종이었습니다. 가시칠엽수는 칠엽수와 달리 열매 겉면에 가시가 있습니다.

그림 모임을 나가는 곳에서 칠엽수를 다시 만났습니다. 모임에 갈 때마다 꽃이 피고 열매가 익어 가는 모습을 사진으로 남겨 놨지요. 그리고 열매가 하나둘 떨어질 무렵에 두 개를 주워 왔습니다. 하나는 벌어지기 시작한 것이고, 나머지 하나는 흉터가 살짝 난 녀석이었습니다. 집에 와서 벌어진 열매 껍질을 까 봤더니 세 조각으로 나뉘는 껍질 속에 알밤과 비슷한 씨앗이 들어 있었습니다. 시간이 지나니 열매는 처음보다 조금 더 가벼워졌고, 열매자루 쪽 구멍을 바닥에 대고 톡톡 터니 검은 가루가 조금씩 쏟아졌습니다.

밤

제가 사는 동네에는 밤나무가 꽤 많습니다. 그래서 가을이면 땅바닥에 떨어져 옹기종기 모인 밤송이들을 흔히 봅니다. 밤송이가 네 갈래로 갈라져 속살이 드러난 모습을 보면 성숙한 계절에 태어난 아기별 같다는 생각을 종종 합니다. 산책을 하다가 발끝에 채여 알밤을 하나 주웠습니다. 줍고 나서 주위를 둘러보니 여기저기 많기도 했습니다. 몇 개를 더 주운 다음 벤치에 앉아 주운 밤을 쪼로니 놓고 보니 저도 모르게 크기별로 주웠더라고요. 이렇게 크기별로 모은 것도 기념이다 싶어 한동안 집 선반에 올려놓았지요.

열매

반려견 비단이와 산책하다가 모르는 열매를 주웠습니다. 도감에서 찾아보니 모감주나무 열매였습니다. 열매가 커서 당연히 꽃도 클 줄 알았는데 여름에 실제로 본 모감주나무 꽃은 아주 작았습니다. 이렇게 작은 꽃에서 저렇게 큰 열매가 나오다니! 믿기 힘들어서 가을에 다시 똑같은 장소로 가서 열매를 새로 찾아보기까지 했답니다. 자연은 항상 제 빈약한 상상력을 넘어선다는 것을 새삼 깨달았습니다.

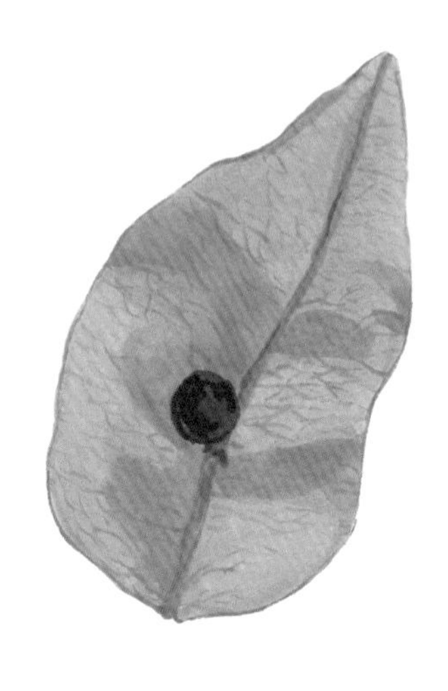

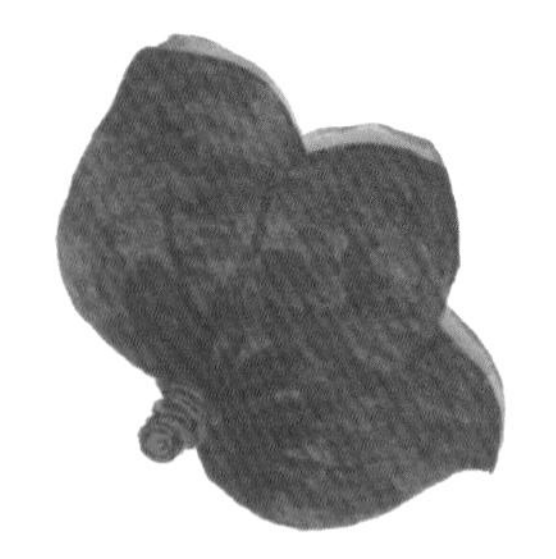

동백나무 열매는 동백섬에서 주워왔습니다. 벌어진 모양이 예쁜 데다가 껍질이 아주 두껍고 튼튼한 점이 인상 깊었거든요. 대충 배낭에 넣어 서울까지 가져왔는데 아주 말짱했습니다.

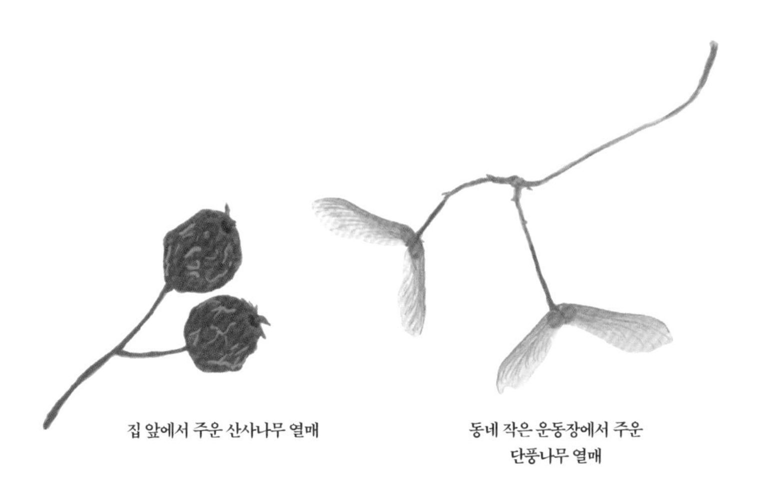

집 앞에서 주운 산사나무 열매

동네 작은 운동장에서 주운
단풍나무 열매

새의 발처럼 생긴 어떤 나무의 꽃눈

앙증맞고 재미있게 생긴
측백나무 열매

친구들과 식물원에 놀러 갔을 때 일입니다. 아주머니 몇 분이 무언가를 열심히 줍고 계시기에 여쭤봤더니 편백 열매를 줍는다며, 열매 효능도 함께 알려 주셨습니다. 그 말에 저와 친구들도 열매를 줍기 시작했는데 한두 개면 충분할 것을 어쩌다 보니 한 주먹이나 줍고 말았네요. 편백 열매는 어긋난 부분 없이 사방으로 벌어져 있어서 꼭 정교한 장난감 같습니다. 메타세쿼이아 열매와 비슷해 보이기도 하고요.

동네 도서관 가는 길에는 때죽나무가 몇 그루 있습니다. 봄에는 하얀 꽃이 조롱조롱 달리고, 가을이면 같은 자리에 자그마한 타원형 열매가 달립니다. 이 열매는 특히 곤줄박이와 멧비둘기가 좋아해요. 녀석들이 정신 없이 먹는 틈을 타서 저도 열매를 두 개 주워 왔습니다.

지금 사는 동네에서는 감나무가 많이 보입니다. 어릴 때는 감 꽃과 꼭지를 실에 꿰어 목걸이를 만들어 놀았고, 덜 익은 감은 쌀통에 넣어 떫은맛을 없앤 뒤에 먹었습니다. 잘 익은 감은 작대기로 따서 먹었고요. 동네를 산책하다 떨어진 감꼭지를 볼 때면 순수했던 그 시절이 절로 떠오릅니다.

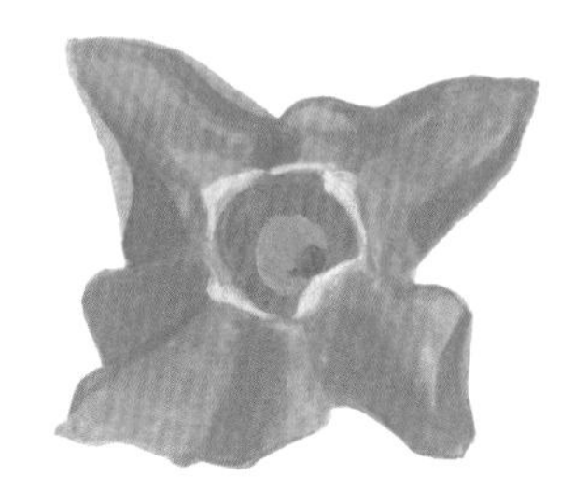

언제 주웠는지 기억도 나지 않는 굴피나무 열매는 뾰족한 부분이 쉽게 부서질 것 같아서 병에 담아 보관하고 있습니다. 그림을 그리려고 몇 번 꺼냈는데 그러는 동안에도 조금씩 부서져서 어찌나 아쉬운지요.

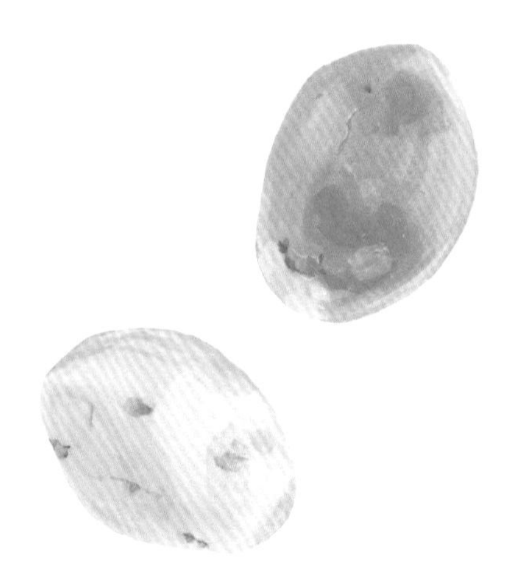

작은 돌과 고둥 껍데기

엄마 생신을 맞아 함께 서해로 여행을 떠났습니다. 바닷가 바로 앞에 있는 숙소에 짐을 풀고서 해변으로 나가 산책을 했습니다. 해변에는 파도의 흔적을 따라 다양한 고둥 껍데기가 하얗게 띠를 이루고 있었습니다. 차멀미를 했던 터라 조금 피곤한 상태로 해변을 대충 서성였는데, 정신 차려 보니 어느새 제 손에는 작은 돌 두 개와 고둥 껍데기 두 개가 들려 있더군요.

벌레

매일 환기하느라 여닫는 창문 말고 반대쪽 창틀은 곤충의 무덤입니다. 가끔 창틀을 청소하려고 보면 온전한 모습으로 많이들 죽어 있습니다. 미안하게도 집게벌레는 무조건 밖으로 내다 버리지만 작고 귀여운 곤충이 있으면 작은 통에다 넣어 두기도 합니다. 무당벌레 한 마리는 밖에서 주워 왔어요. 새끼손톱 반만 할 정도로 작은데 길 가다가 이 녀석을 어떻게 발견했는지 저 스스로도 참 신기해요.

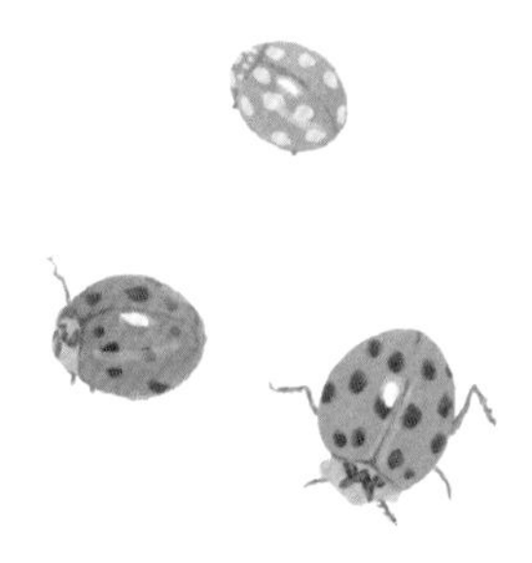

새알 껍데기

4월 언제쯤부터 물까치들이 길 건너, 딱 우리 집 창문 높이의 느티나무로 나뭇가지를 물어다 나르기 시작했습니다. 고개만 돌리면 바로 보이는 곳이라 물까치 번식 장면을 볼 수 있지 않을까 기대했는데 어느 순간부터 가지를 물고 오는 일이 뜸해졌습니다. 아마 둥지를 버린 것 같아요. 내 시선을 눈치챘나 싶어 아쉬운 마음에 그 느티나무 밑을 기웃거리다가 깨진 새알 반쪽을 발견했습니다. 알 껍데기에 부리로 콕 쪼인 듯한 구멍이 있었고 알 속에는 진한 노른자가 조금 고여 있었습니다. 노른자가 말라붙은 상태를 보니 떨어진 지 그리 오래되지는 않은 것 같았습니다. 혹시나 한동안 관찰하던 물까치의 알인가 싶어 조심스레 주워 왔습니다.

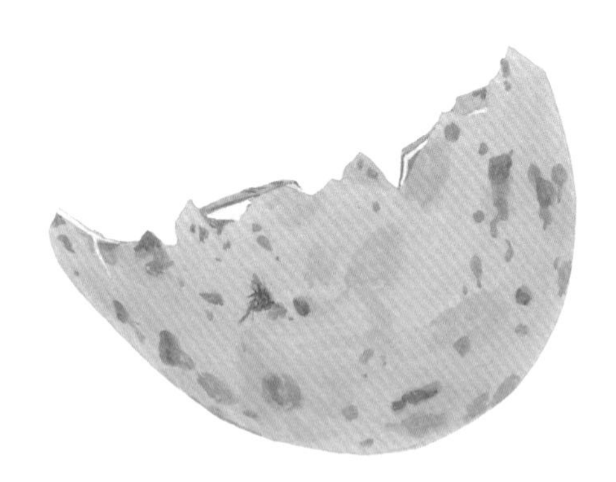

깃털

동네를 산책하면서 볼 수 있는 깃털은 대개 까치와 비둘기 깃털입니다. 대부분 털갈이 때 빠졌거나 땅에 떨어진 지 오래된 깃털이어서 짱짱하고 깨끗한 상태를 기대하기는 어렵습니다. 그런데 이 작고 파란 줄무늬가 있는 어치 깃털은 정말 상태가 좋았습니다. 땅에 떨어져 뒤집어진 어치를 바로 세워 준 적이 있는데 그때 주운 것이거든요. 바로 선 어치는 잠깐 어리둥절해하는 듯하더니 근처 나무에 가서 한동안 휴식을 취한 뒤 멀리 날아갔습니다.

저는 새를 좋아하지만 이상하게도 꿩의 꽁지깃은 조금 무섭습니다. 뭐랄까요, 커다란 그 깃털에는 왠지 제게는 익숙하지 않은 야생이 그대로 담긴 느낌이랄까요. 그래서 꿩의 꽁지깃 여러 개가 한 곳에 떨어져 있었는데도, 괜히 겁이 나서 하나만 겨우 주워 왔습니다.

이후로도 끄트머리가 갈색인 깃털, 하얀 점무늬가 있는 깃털 등 몇 개를 더 주워 왔습니다. 멧비둘기 깃털로 보이는 것은 컴퓨터 모니터 모서리에 붙여 두었더니 꽤 잘 어울렸어요.

멧비둘기 깃털(추정)

까치 깃털
꿩 꽁지깃

남겨진 것

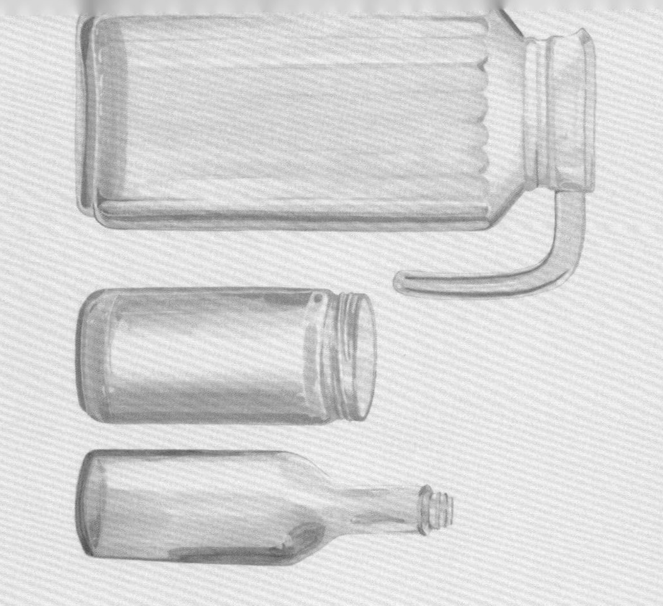

가끔 티브이에서 물건을 버리지 못해 잡동사니로 집 안을 가득 채우고 사는 사람 이야기를 다룰 때면 마음 한구석이 뜨끔해지고는 합니다. 저도 물건을 잘 못 버리는 편이거든요. 그래서 어떤 물건을 쓸지 버릴지 바로바로 판단하는 사람들을 보면 신기하고 대단해 보입니다. 저는 버릴 물건이더라도 어디 더 쓸 데는 없는지 한참을 고민합니다. 오히려 사람에게는 그렇지 않은데 저와 인연을 맺은 사물에게는 마음을 쉽게 주고 끌려다닙니다. 그런데 사실 이런 질척거림을 은근히 즐기는 제 모습이 그리 싫지는 않습니다.

박새 솜털

4월 초쯤, 창틀에 놓은 먹이를 먹으러 온 박새가 어쩌다가 헐거운 방충방 틈으로 들어왔습니다. 얼른 나가라고 창문을 활짝 열어 줬는데도 방 안을 한참 헤매다가 돌아갔습니다. 박새는 갑자기 낯선 곳에 들어와 무서웠겠지만 저는 기다리던 손님이라도 온 것처럼 몹시 반가웠습니다. 그래서 창문을 열어 놓고는 박새 사진을 찍기에 바빴습니다. 박새가 창문 밖으로 나간 뒤에 책상에는 손톱보다 작은 솜털이 떨어져 있었습니다.

몇 달 뒤 온 집을 뒤집어 정리를 하다가 벽에 붙어 있던 반려견 비단이 그림에 웬 얼룩이 있는 것을 발견했습니다. 당연히 물감 얼룩이라고 생각하다가 불현듯 박새 녀석이 떠올랐습니다. 내 소중한 비단이 그림에 똥을 싸 놓고 가다니! 귀여워서 봐 준다.

작은 게 두 마리

바지락을 삶아 살을 발라내는데 아주 작은 게 두 마리가 나왔습니다. 다리까지 합쳐 봐야 제 엄지손톱보다 작은 녀석들이었습니다. 이런 일은 또 처음이라 사진을 찍어 놓고는 바람이 통하는 곳에다 가만히 뒀습니다. 찾아보니 조개 안에 사는 '속살이게'라는 종류였어요. 세상에는 참 다양한 삶의 방식이 있다는 것을 새삼 깨달았지요. 그러고 보니 예전에 바지락 껍데기 무늬가 꼭 산수화 같아서 몇 개 가지고 있던 적도 있습니다. 바다에 사는 녀석이 육지 모습을 품고 있다고 생각했었지요. 아니면 바닷속에도 나름의 산수화가 있을지 모르겠고요. 그 이후로 바지락을 먹을 때는 늘 껍데기 무늬에 눈길을 줍니다.

망고 씨

망고를 먹을 때마다 정말 이게 다 씨일까 의구심을 품습니다. 그래서 어느 날, 뼈다귀 같은 망고 씨를 제대로 봐야겠다 싶어 열매살을 최대한 떼어 낸 뒤에 깨끗이 씻어 말려 봤습니다. 식물을 보고 호기심이 생기면 키워 볼 생각을 하는 사람들도 있던데, 이상하게도 저는 늘 말려 보는 방식을 택합니다. 키우면 앞으로 할 일이 생기지만 말리면 앞으로 손 가는 일이 거의 없기 때문이지요. 이 게으름이란!
가끔씩 씨를 이리저리 뒤집어 주며 건조했더니 이렇게 우아하고 아름다운 물체가 탄생했습니다. 상아색 바탕에 연하게 그인 갈색 선, 가장자리에는 불길이 이는 듯한 섬유질이 자연스럽게 어우러져 있습니다. 만져 보면 꼭 한지처럼 가볍고 건조하고 부드러운 듯 조금 거슬거슬한 듯합니다. 호기심과 게으름이 합쳐져 이전에는 알지 못했던 새로운 아름다움을 우연히 발견하게 된 셈입니다.

아보카도 씨

몇 년 전에 처음으로 아보카도를 하나 사 봤습니다. 당시 웬만한 사람들은 먹어 봤다 하고, 언니가 '네가 좋아할 맛'이라고 추천까지 했기에 관심이 생겼던 거지요. 잔뜩 쌓인 아보카도 중에서 가장 싱싱할 것 같은 녹색으로 샀는데 영 단단해서 먹을 만하지가 않더라고요. 어떻게 사람들은 이런 과일이 맛있다고 야단일까 싶어 이상했는데 알고 보니 녹색은 덜 익은 상태고 거무죽죽해져야 익은 것이었습니다.

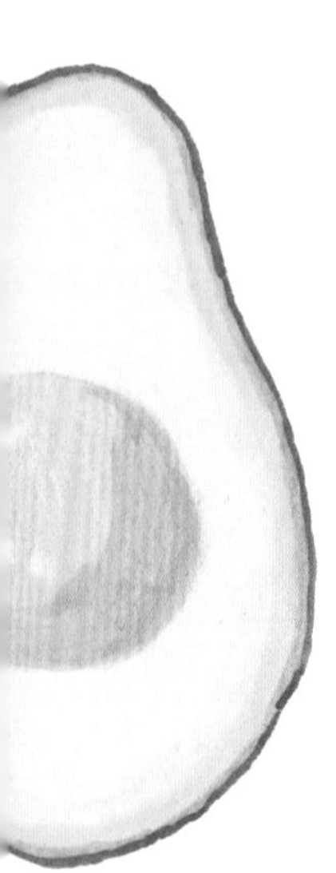

얼마 뒤에 다시 아보카도를 샀습니다. 이번에는 어두운 색으로. 미리 검색해 본 대로 반을 갈라 삭 돌려 두 쪽으로 나눈 다음 숟가락으로 껍질과 열매살을 분리했습니다. 사람들이 말하는 대로 정말 이 세상 과일 맛이 아니더군요. 이토록 담백한 과일이라니! 너무 맛있어서 한번은 박스째 주문해 질리도록 먹었습니다.

망고 씨 이후로 저는 무언가를 건조하는 일에 이상하게 자신감이 생겼습니다. 그래서 아보카도 껍질도 말려 보기로 했지요. 찌꺼기를 잘 제거하고 깨끗이 씻어 싱크대 한쪽에다 한동안 방치해 두웠더니 표주박 모양으로 딱딱해졌습니다. 말릴 때마다 각자 조금씩 다른 모양 표주박이 생겼습니다. 아무렇게나 무언가를 담아도 멋스럽지만 특히 저는 솔방울이나 성게 껍데기와 함께 놓는 조합이 좋더라고요.

참, 아보카도를 즐기는 행복은 오래가지 못했습니다. 아보카도 재배 뒤에 드리워진 그늘을 알게 되었거든요. 지금은 일부러 사 먹지는 않고 일 년에 몇 번, 식당에서 아보카도가 들어간 메뉴를 먹는 정도로 만족하며 지냅니다.

감 씨와 사과 씨

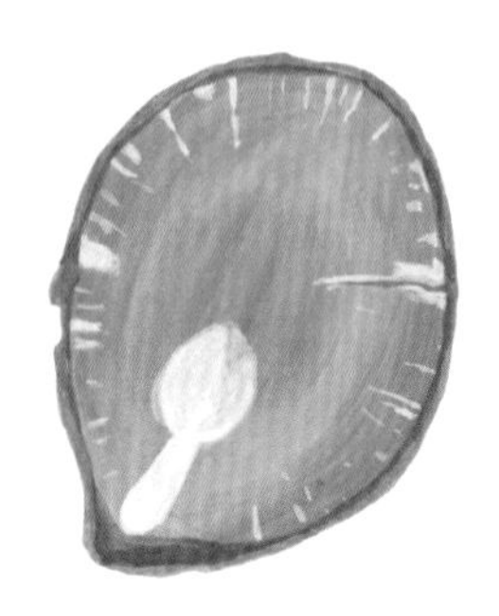

우연히 인터넷에서 보고 재밌을 것 같아서 저도 감 씨를 잘라 봤습니다. 정말 조그맣고 하얀 숟가락이 그 속에 귀엽게 자리 잡고 있더군요. 여태까지는 감 꼭대기에 있는 열십자 골을 따라 감을 잘랐기 때문에 씨까지 잘리는 일이 없어 이 귀여운 모습을 못 봤던 거지요. 다만 시간이 지나자 하얀 숟가락이 쪼그라들면서 처음의 귀여움이 사라졌습니다. 감 씨는 오래 간직하기에는 알맞지 않은 것 같아요.

어느 날 문득 사과를 깎다가 하트 모양으로 잘린 씨가 눈에 들어왔습니다. 그 모양이 예뻐서 잘 보관해 놓았지요. 사실 제가 '잘 보관한다'는 것은 특별한 방법이 있는 것이 아니라 정해진 자리에 가만히 둔다는 뜻입니다. 감 씨와 달리 사과 씨는 시간이 지나도 색만 좀 달라졌을 뿐 여전히 하트 모양이었습니다.

소프넛 열매

소프넛(무환자나무) 열매는 설거지나 빨래할 때 세제 대신에 쓰는 사람이 많습니다. 저도 지인이 알려 줘서 3년 정도 빨래할 때 썼습니다. 열매는 시큼한 냄새가 나고요, 암갈색 열매의 겉껍질 안쪽에 있는 열매살 부분에 세정 성분이 있습니다. 몇 번 쓰면 열매살이 닳아서 암갈색 겉껍질과 매끈하고 반투명한 갈색 안껍질만 남습니다. 빨래 세제로 쓸 수 있는 열매라는 점이 신기해서 다 쓴 열매 찌꺼기를 유리병에 담아 놓았습니다. 소프넛 열매는 대개 씨가 없는 것을 구입하는데 이따금 씨가 들어 있는 것이 섞여 있기도 했습니다. 크기는 엄지손톱만 하고 검은색이며 꽤 단단합니다. 둥글둥글한 느낌이 나쁘지 않아 모아 놨다가 구멍을 뚫어 팔찌를 만들어 봤습니다. 소프넛(무환자나무) 씨앗은 염주 재료로도 많이 쓰여서 그런지, 그저 액세서리로 만든 것인데도 종교적인 느낌이 물씬 풍겼습니다. 그래서 화장대 안쪽에 고이 모셔만 두고 있어요.

토마토 꼭지

토마토를 씻으려고 꼭지를 톡 떼어 내는데 웬일인지 꼭지가 눈에 띄었습니다. 그동안은 토마토를 통째로 먹을 때 손에 쥐는 용도로만 여겼지 별 관심이 없었는데 말이지요. 그런데 이날은 꼭지가 별안간 별처럼 보여 꼭 제 손에 별이 담긴 것만 같았지요. 그래서 토마토 꼭지를 모두 떼어 내 한곳에 나란히 놓았습니다. 별들의 군무가 펼쳐지는 것 같다, 별은 하늘에만 있는 것은 아닐지도 모르겠다고 생각했습니다. 이후로 저는 곳곳에 숨은 별을 수집하는 취미가 생겼습니다.

마른 대추

문득 궁금해졌습니다. 푸른 대추를 집에서 말려도 시중에 파는 마른 대추처럼 될까? 저는 이것저것 방치해서 말리는 데에는 익숙하기 때문에 한번 시도해 봤습니다. 시간이 흐르고 대추가 차츰 시들면서 이곳저곳이 붉어지자 혹시 이대로 썩는 것은 아닐까 불안해지기도 했지만, 저는 방치의 고수! 두 달쯤 그대로 뒀더니 내다 팔아도 손색이 없을 마른 대추로 변했습니다.
쪼글쪼글해진 마른 대추를 바라보다 어떤 날의 기억이 떠올랐습니다. 그림 모임에서 알게 된 분이 제게 물었습니다. "왜 아이를 안 갖는 거예요?" 그분은 제 또래에 아이 엄마였고 아마 저를 딩크족으로 여긴 듯했습니다. 순간 머리가 띵해지며 제 자신이 마른 대추처럼 쪼그라드는 기분이 들었습니다. 그때까지만 해도 난임의 상처를 극복했다고 생각했었는데 전혀 아니었습니다. 그저 외면했을 뿐이었죠. 그래도 이날 마음이 쪼그라든 덕분에 저는 스스로를 돌아봤고, 내가 나를 보듬어야 한다는 사실을 깨달았습니다. 축복을 받은 이들은 축복을 받은 대로, 홀가분함을 얻은 이들은 홀가분한 대로 자기 삶에 충실하면 됩니다. 저는 홀가분함을 얻었을 뿐이고요.

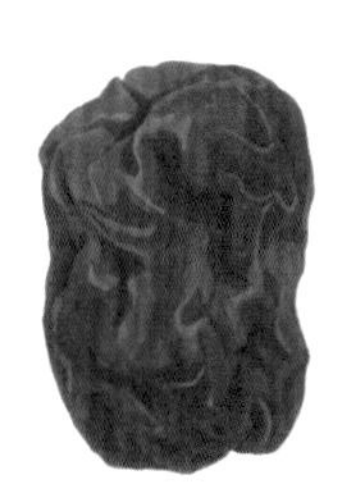

아스파라거스 줄기

지인이 이사를 가면서 아스파라거스 화분을 나눠 줬습니다. 아스파라거스는 먹는 것인 줄만 알았지 이렇게 화분에다 키우는 종류라는 것을 그때 처음 알았습니다. 자잘한 잎이 왠지 새침해 보여서 마음에 들었습니다.
저에게는 아직 완치되지 않은 병이 있는데 바로 '식물을 죽이는 병'입니다. 그래도 이 녀석은 관리가 쉽고 지인이 거의 키워 놓은 것이니까 잘 유지만 하면 될 것 같았습니다. 게다가 이 녀석 덕분에 어쩌면 제 병이 나을지 모른다는 기대감도 슬그머니 올라왔고요.
두 달쯤 지났을 무렵, 아스파라거스 줄기 하나가 길게 자라기 시작했습니다. 블라인드를 타고 천장까지 자라자 이 녀석이 온 방을 차지하면 어쩌나 싶은 걱정이 들었습니다. 그도 그럴 것이 녀석의 에너지가 남편과 저의 에너지보다 더 강하게 느껴졌거든요. 그래서 길게 자란 줄기를 잘랐습니다. 대신에 녀석의 강한 에너지를 기억하고자 자른 줄기를 리본 모양으로 말아 벽에 걸어 뒀습니다.

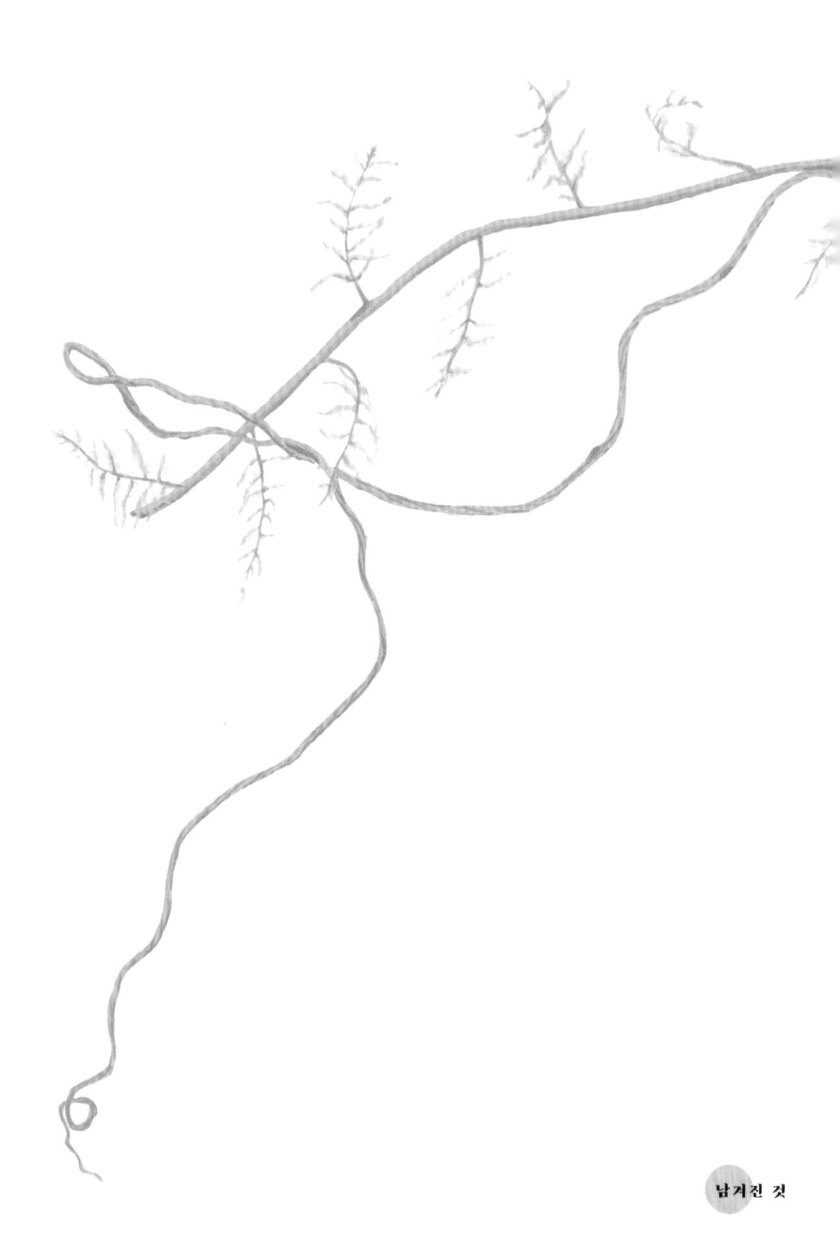

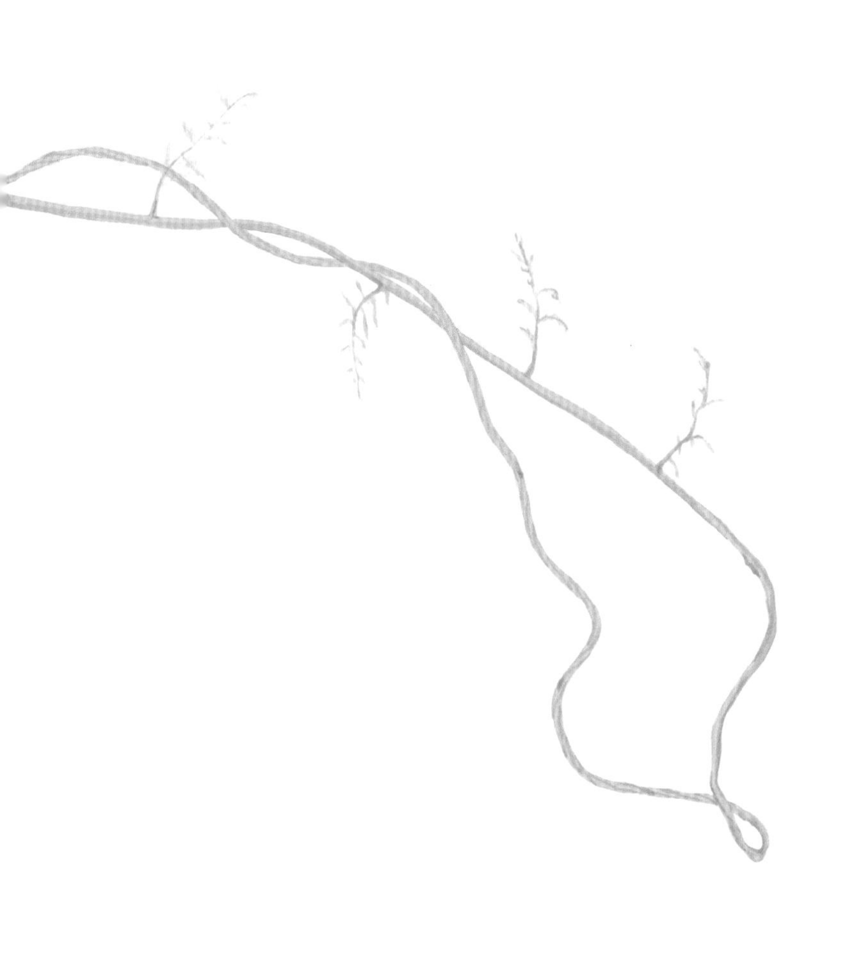

활기차게 자라던 아스파라거스는 이후 주춤하기 시작했습니다. 봄이 되어 밖에 내놨더니 자라지는 않고 갈색으로 변해 버렸습니다. 새침했던 잎은 생기를 잃어 만질 때마다 우수수 쏟아졌습니다. 제가 무심코 잘라버린 줄기는 아스파라거스에게 삼손의 머리카락 같은 것이었나 봅니다. 미안하지만 결국 아스파라거스에게 사망 선고를 내렸습니다. 어쩌면 제 병은 불치병인지도 모르겠습니다.

코코넛 아이스크림 껍데기

아이스크림을 좋아하지는 않지만 여름이면 가끔 사 먹습니다. 동네 슈퍼에서 아이스크림 냉장고를 뒤지다가 진짜 과일 껍데기에 셔벗이 든 제품이 제 눈길을 끌었습니다. 그중에서 코코넛 껍데기 제품을 골랐다가 깜짝 놀랐습니다. 이전까지 코코넛 껍데기를 만져 본 적이 없었기에 그렇게 플라스틱처럼 단단할 줄은 상상하지도 못했거든요. 당연히 그냥 버리기에 아까워서 아이스크림을 다 먹고는 물에 씻어서 말렸습니다. 어디다 쓸지는 고민하지도 않았습니다. 색감도 크기도 얻어 온 오리 알을 놓기에 딱 알맞았거든요. 여기에 말린 프리지어 꽃을 몇 송이 놓았더니 세상에 그렇게 잘 어울릴 수가 없었습니다. 아마 이 녀석은 오리알을 담고자 제 눈에 든 것인지도 모르겠습니다.

케이크 장식

제 생일은 성탄절입니다. 그래서 생일에 선물 받는 케이크에는 늘 트리, 산타클로스, 호랑가시나무 열매 같은 크리스마스 장식이 꽂혀 있습니다. 하지만 대부분이 조잡한 플라스틱 장식이어서 초와 함께 곧바로 버리는 일이 많습니다. 그럴 때마다 제가 특별한 날에 태어나긴 했구나 싶습니다. 전 세계에서 따뜻한 마음이 넘쳐나는 한편 쓰레기도 넘쳐나는 특별한 날이요. 그래도 가끔 마음에 드는 장식을 만날 때도 있습니다. 눈 쌓인 나무 모양 초와 빨간 별이 달린 트리 모형은 단정하고 귀여워서 꽤나 오래 간직하고 있습니다.

핸드폰

핸드폰을 바꿀 때마다 서랍을 열어 보관해 놓았던 예전 기계들을 들춰 봅니다. 지난 핸드폰을 보면 세상이 얼마나 빠르게 변해 왔는지를 새삼 실감하게 됩니다. 저는 삐삐에 이어 휴대폰의 다양한 진보를 함께한 세대입니다. 고등학교를 졸업하던 1996년까지만 해도 걸어 다니며 손바닥만 한 티브이를 보는 것은 상상 속에서나 가능한 일이었습니다. 하물며 먼 나라 사람들이 방금 올린 사진을 보며 '좋아요'를 누르는 세상은 아예 상상하지도 못했지요. 그래서 앞으로 펼쳐질 것이라는 메타버스 세상은 어떤 모습일지 몹시 궁금합니다. 늘 새로운 기기에 늦게 적응해 온 제게도 부디 호의적인 세계이기를 바라며, 지금보다 정교하지는 않았지만 누구나 변화에 익숙해질 만큼 천천히 흘렀던 옛날을 살짝 그리워해 봅니다.

유리병

모양이 독특한 유리병은 장식용으로 모아 두고는 합니다. 주로 말린 꽃과 나뭇가지, 열매 등을 넣어 두는데요, 병 모양에 따라 어울리는 식물을 맞추는 재미가 있습니다. 네모지고 두툼한 병에는 하늘하늘한 풀을 담고 둥그스름한 병에는 꽃이 둥글게 모여 피는 작은 수국을 넣고 입구가 좁고 긴 병에는 꼿꼿하게 마른 꽃 한 송이를 꽂아 놓습니다. 대비되거나 비슷한 것을 조합했을 때 증폭되는 분위기가 아름답게 느껴집니다. 엄지손가락보다 작은 액상 철분제 병에는 주워 왔거나 잘린 작은 것을 꽂아 둡니다. 자그마한 갈색 병과 그곳에 담긴 더 작은 것들을 보며 혼자 감탄할 때가 많습니다. 어쩜 이렇게 귀엽고 사랑스러울 수 있는지!

유리병을 모으면서 제가 투명한 느낌을 좋아한다는 것을 알게 됐습니다. 왜 그럴까 곰곰 생각해 보니 겉에서도 안이 그대로 보인다는, 깨끗하고 명확한 그 느낌이 좋은 것 같아요. 복잡하게 생각하는 것을 어려워하는 저는 상대방의 말을 그대로 받아들입니다. 그래서 가끔 눈치가 없다거나 순진해 보인다는 이유로 놀림을 받을 때도 있어요. 그렇지만 가끔 궁금합니다. 왜 사람들은 중요한 일도 아니고 일상 대화에서조차 돌려 말하는 걸까요? 있는 그대로를 말하면 에너지도 덜 들고 소통도 바로 돼서 복잡해질 일이 없을 텐데. 물론 솔직함만으로는 세상을 살기 곤란하다는 것쯤은 충분히 배워 알지만 여전히 어려운 것은 어렵네요.

리본

꽃다발이나 포장 선물에는 대개 리본이 달려 있지요. 버리기에 아까워 잘 말아서 모아 둡니다. 가끔 선물 포장할 일이 있을 때 꺼내 쓰기도 하지만 마음에 드는 리본은 그저 장식용으로 걸어 두기도 합니다. 무언가를 포장하는 '쓰임새'가 없더라도 리본이 지닌 색감과 질감 자체로 충분히 예쁘기 때문입니다. 한번은 넓고 붉은 리본이 마음에 들어서 대충 묶어 책장 한쪽에 걸어 놓았습니다. 그랬더니 딱딱하고 먼지 냄새가 나던 공간이 산뜻해졌습니다. 그 변화가 마음에 들어 이번에는 책장 다른 곳에도 리본을 걸어 봤습니다. 그런데 놀랍게도 책장이 갑자기 너저분해 보이면서 마치 귀신 들린 공간처럼 느껴졌습니다! 리본 하나에도 꽤 다양한 감성이 들어 있나 봅니다.

나사

어느 날, 선반에서 이 나사들을 발견했습니다. 언뜻 두 개처럼 보이지만 구리색 나사 안에는 붉은 칠이 벗겨진 나사가 얽혀 있습니다. 새끼손가락 두 마디도 안 될 만큼 작고요. 아무리 생각해 봐도 도통 어디서 나온 것인지를 모르겠지만, 원래 있어야 할 자리가 아닌 엉뚱한 곳에 있으니 오히려 더 특별해 보입니다. 그동안 제가 취향껏 꾸며 놓은 선반은 한 가지 방향성으로 양적 팽창만 하고 있었는데 이 나사들을 놓아 두자 선반의 분위기가 어딘지 낯설면서 풍부해졌습니다. 쓸모없는 작은 나사들이 선반에서는 큰 역할을 한 셈입니다.

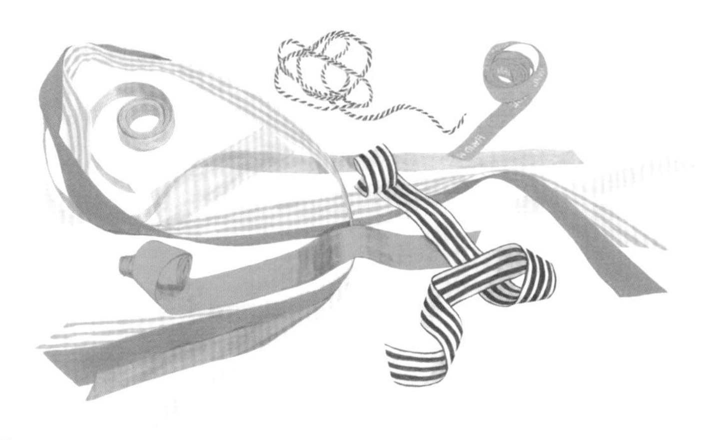

받은 것

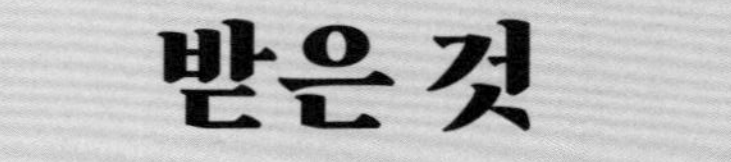

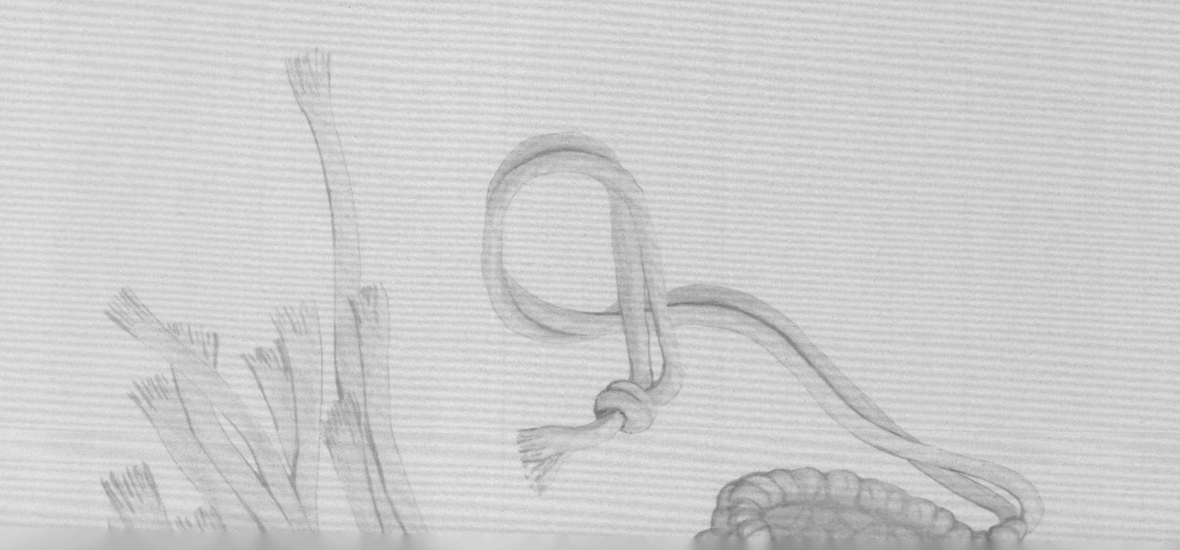

사람들에게서 받은 물건과는 정서적 교감이 오래가는 편입니다. 저마다 다른 이야기를 가지고 제 마음속 한 지점을 푹 찔렀기 때문이지요. 그렇더라도 그 물건을 받기 전과 후의 마음은 꽤 많이 달라집니다. 사물이 변하지는 않으니 그 사물을 바라보는 제 마음이 그새 변한 것이겠죠. 사물이더라도 결국 그 속에 깃든 것은 누군가의 마음이고 누군가와의 관계이니, 인간관계가 어려운 것처럼 사물과의 관계도 쉽지는 않네요.

꽃다발

남편은 가끔 퇴근길에 꽃을 사 옵니다. 이름은 모르더라도 화려하고 싱그러운 느낌 덕분에 꽃을 받을 때마다 기분이 좋습니다. 유리병에 신경 써서 담아 놓고 시들 때까지 계속 감상합니다. 젊은 날에는 꽃이 시드는 모습이 추하다고 여겼습니다. 뭐든 싱싱하고 화사해야 한다고 생각했기 때문이지요. 그러나 이제는 시들어 가는 것의 아름다움을 아는 나이가 되었습니다. 변한다는 것은 무척이나 자연스러운 일인데, 이 간단한 진리를 받아들이는 데에 꽤나 시간이 걸렸네요.

시든 후에도 아름다운 꽃을 버리기가 아까워 말려 보기로 했습니다. 프리지어는 줄기가 단단해서인지 예쁘게 말랐습니다. 장미류는 가루가 많이 묻어났고 꽃잎은 손끝만 스쳐도 우수수 떨어졌습니다. 유칼립투스는 말리기 전이나 후나 별 차이가 없고 연밥은 말릴수록 고개를 숙였어요. 수국은 종류에 따라 느낌이 달랐습니다. 제가 공원에서 주워 왔던 작은 수국은 다른 꽃들과도 잘 어울렸는데 꽃집 수국은 존재감이 남달랐어요. 이 수국 옆에 있으면 장미조차 그저 작은 꽃으로 보일 정도였습니

다. 말리려고 높은 곳에 거꾸로 매달아 두었는데도 꼭 꽃 모양 전등처럼 여전히 존재감이 빛을 발했습니다.

이처럼 원래 색을 잃고 바싹 마른 상황에서도 꽃은 저마다 개성이 다릅니다. 하지만 그 모습을 바라보는 저는 똑같이 편안함을 느낍니다. 자연스러운 아름다움이니까요. 그림 그리는 사람으로서도 이런 대상을 바라보는 일은 편안합니다. 그저 존재하는 아름다움을 옮겨 그리면 되니까요.

철쭉 잎과 은행

5~6년 전에 친구가 우리 집으로 놀러 오면서 손에 쥐고 온 것들입니다. 너무 예뻐서 주워 왔다며 선물이라고 말하는 친구의 얼굴은 조금 들떠 있었지요. 예쁘게 물든 작은 철쭉 잎이 친구의 들뜬 기분을 그대로 말해 주는 듯했습니다. 그때부터 지금까지 둘은 세트처럼 함께 있습니다. 은행은 거의 변함이 없는데 철쭉 잎은 꼬장꼬장한 노인이 된 것 같아요.

스노우볼

스노우볼을 좋아하는 이들이 보기에 저는 낭만 파괴자일지도 모르겠습니다. 남편에게서 받은 스노우볼은 아무렇게나 방치해 뒀더니 내용물이 붉게 변해 버려 스노우볼이 아니라 '지옥의 화염볼'이 되어 버렸습니다. 친구가 선물해 준 작은 스노우볼은 실수로 깨트려 버렸습니다. 급한 대로 깨진 부분을 점토로 보수해 원래 그런 것 마냥 간직하고 있고요. 조카가 고등학교 수학여행 때 선물로 사다 준 귀여운 스노우볼은 시간이 흐르니까 정체 모를 물때 같은 것이 부유하고 있습니다.

붉은 꽃이 들어간, 스노우볼 같은 문진은 빈티지의 매력을 잘 아는 친구가 선물해 줬습니다. 종이를 누르는 용도이지만 사실 장식품에 가깝지요. 초등학교 6학년 때 처음 만든 도장이 이렇게 투명한 레진에 꽃을 넣은 형태였던 기억이 납니다.

오리 알과 꿩 알

9년쯤 전, 오빠가 시골에 살 때 얻어 온 알들입니다. 오리 알은 아이스크림 그릇이었던 코코넛 껍데기에다 담아 놓았습니다. 서로 아무 관련이 없는 사물들인데 꼭 처음부터 세트였던 것 마냥 아주 잘 어울립니다. 꿩 알을 담아 놓은 육각형 상자는 셋째 언니의 시아버지가 이사를 하며 정리한 짐에서 나온 물건입니다. 아마 한약을 넣었던 상자 같아요. 당시에 언니는 거실 한복판에 물건들을 늘어놓고는 필요한 것이 있으면 가져가라고 했습니다. 저는 이 상자와 함께 스테인리스 찜기와 작은 일본풍 접시 4개를 챙겨 왔지요. 꼭 동묘 시장에 온 것 같았습니다. 누군가의 삶의 흔적이 묻은 물건이 또 다른 이의 삶으로 연결되는 흐름이 재밌습니다.

작은 호리병 세트

시댁에 갔을 때 얻어 온 호리병들입니다. 티브이를 보시던 시어머니가 문득 생각난 듯 서랍에서 작은 주황색 병들을 꺼내시고는 “가질래?”하고 물으셨습니다. 크기와 색감이 마음에 들어 냉큼 받아 왔습니다. 집에 있는 호리병에는 대개 꽃을 한 송이씩 꽂아 두는데 이 호리병에는 꿩의 꽁지깃을 담아 봤습니다. 아니나 다를까, 정말 잘 어울렸습니다. 그 이후로 주워 온 깃털은 이 호리병에 넣어 놓습니다.

새 모양 장식 1

새를 좋아하는 제게 친구들이 각각 새 모양 장식품을 선물해 줬습니다. 친구들 각자의 취향이 분명하게 반영된 것들이라 볼 때마다 친구들을 생각하게 됩니다. 다른 이들의 취향이 슬며시 들어와 제 공간은 더 다양해졌습니다. 꼭 서로서로 영향을 미치며 살 수밖에 없는 인간 세상을 보는 것 같습니다.

필기구

집에 잔뜩 있는 필기구 중에는 범상치 않은 것도 몇 개 있습니다. 양 머리가 크게 조각된 나무 볼펜은 제가 산 것이고, 나머지는 선물 받은 것들입니다. 끄트머리에 큰 리본이 달린 볼펜은 금손 친구가 평범한 볼펜에 리본을 붙여 만든 것입니다. 이 볼펜을 쓸 때면 왠지 커다란 리본 핀을 머리에 달고 원피스라도 입어야 할 것 같은 기분이 들어 고이 모셔 놓기만 했습니다. 나뭇가지로 만든 볼펜과 피노키오 색연필은 세트입니다. 유럽의 기념품 가게에서는 잔뜩 쌓여 있었을 평범한 물건이지만 먼 곳에서 오로지 저를 만나려고 왔다는 이유 하나만으로 제게는 아주 특별한 사물이 되었습니다.

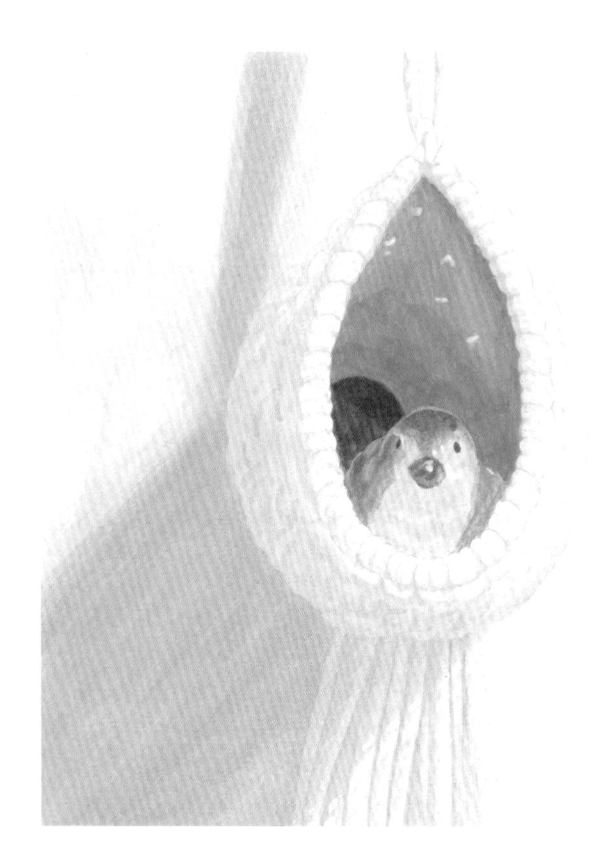

뜨개 주머니

제 주변에는 '금손'이 여럿 있습니다. 그들은 손을 놀려 섬세하고 복잡한 것을 뚝딱 만들어 냅니다. 물론 여러 날을 집중하며 애쓴 결과겠지만 제 눈에는 그저 '뚝딱'으로 보입니다. 사람들은 제가 그림을 그리니까 손재주도 있으리라 생각하지만 아쉽게도 그렇지 않습니다. 말끔하게 완성해야 하거나 입체적인 작업은 너무 어렵습니다. 특히나 뜨개질 도안을 보면 그냥 머리가 멈춰 버립니다. 이런 저와 달리 금손들은 도안을 한글 읽듯이 척척 읽어 냅니다.

이 주머니도 금손 중 한 분에게서 선물 받은 것입니다. 뜨개질을 특히 어려워하다 보니 이런 선물을 받는 것도 어쩐지 과분하게 여겨집니다. 화분을 넣어 두면 예쁠 것 같은데 집에 화분이 없어서 도자기 참새의 둥지로 만들어 줬습니다. 원래 한 쌍이던 녀석 중 하나만 이 주머니에 넣어 놨기에 참새들이 서로를 떨어뜨렸다고 저를 원망할 것 같지만 귀여우니까 그대로 뒀습니다.

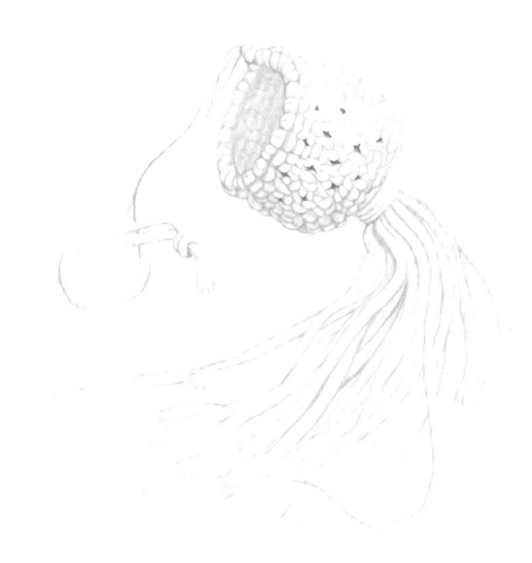

괘종시계

아버지 이사를 도와 드리러 갔다가 필요 없다고 하셔서 가져온 시계입니다. 보통 괘종시계는 제법 크지만 이 시계는 아담해서 마음에 들었습니다. 태엽을 감으면 지금도 잘 작동합니다. 괘종시계는 원래가 시간마다 소리가 나는 것인데 이상하게도 저는 외형만 마음에 들고 소리는 거슬렸습니다. 그래서 태엽을 감지 않고 멈춘 채로 두었습니다. 멈춘 시계를 집에 두면 풍수적으로 좋지 않다지만 풍수에 안 맞는 물건이야 우리 집에는 차고 넘치니까요.

사거나 만든 것

새롭고 그럴싸한 물건이 상점의 진열대와 소셜 미디어에 가득하지만 어쩐지 제 마음의 자리를 차지하는 사물은 변변찮은 것일 때가 많습니다. 그럴싸한 사물로 가득한 세상, 그런 것조차 얼마 안 가 또 새로운 사물에 밀려 버리기 일쑤인 시대를 살고 있지만 변변찮은 사물은 꼭 우리 삶이 거창하지 않아도, 재빠르게 변하지 않아도 괜찮다고 말해 주는 것 같아 안심이 되거든요.

발현하는 방식만 다를 뿐 사람에게는 기본적으로 창조 욕구가 있는 것 같습니다. 저는 그림과 관련된 쪽으로 창조 욕구를 표출해 왔습니다. 평면에다 색과 형상을 채우는 것을 좋아했고, 가끔은 그림을 이용해 만지고 즐길 수 있는 것을 만들기도 했습니다. 만드는 과정과 만든 후 얼마간은 즐거웠습니다. 일부는 판매하고 일부는 지인들에게 선물로 나눠 줬습니다. 그러고 남은 것들이 하나둘 선반에 자리를 차지했는데, 언젠가부터 이 물건들이 신경 쓰이기 시작했습니다. 제가 만든 것들이지만 처리, 정리, 짐 같은 단어가 따라붙었거든요. 나중에는 내가 결국 쓰레기를 만들 뿐이었구나 하는 생각이 들기도 했습니다. 그러면서 창조에는 책임이 따르며, 창조하는 것만큼이나 만들어 낸 것을 운용하는 능력 또한 매우 중요하다는 것을 새삼 깨달았습니다.

보관함

동묘 시장에 갔다가 천 원짜리 치마와 함께 강아지 모양 보관함을 샀습니다. 군데군데 박힌 큐빅과 금칠이 너무 반짝이는 것 같아 과한가 싶기도 했습니다. 하지만 반짝이는 것을 집 안에 놓으면 좋다는 말에 솔깃해서는 이후에도 이런 보관함을 한꺼번에 여러 개나 들여놨지요. 그리고 저는 과유불급의 의미를 다시금 깨달았습니다. 주체할 수 없는 반짝거림이 너무 부담스러웠거든요. 그래서 결국 하나는 지인에게 넘겼고 두 개는 중고 거래로 새 주인을 찾아 줬습니다.

돌

영험한 돌

원석에 관심이 많은 친구가 있습니다. 어느 날 그 친구가 투명한 돌을 만지작거리는 것을 보며 저도 약간 호기심이 생겼습니다. 터키석이나 자수정처럼 액세서리로 가지고 다니는 것이 아니라 돌이 신비한 에너지를 지녔다고 믿으며 지니는 것이었습니다. 그러니까 일종의 부적이었죠. 신기하더라고요. 당시에 친구가 만지던, 영험한 것으로 추정되는 돌은 지금 우리 집에 있습니다. 이유는 모르겠지만 친구가 택배로 보내 줬습니다. 물론 우리 집에서는 그냥 장식용 돌이 되었지만요.

한번은 이런 적도 있습니다. 사주 명리학에 관심이 많은 남편의 지인이 남편 사주에 금오행이 부족하니 수정구나 금속 같은 것으로 보충하면 좋다고 했다는 말을 전해 들었습니다. 그래서 남편 생일 선물로 수정구랑 조그만 천사 모양 돌을 샀습니다. 믿는 자에게 효과가 있으리! 그러나 아쉽게도 우리는 신비한 에너지라는 것을 재미로만 접근하지 진지하게 믿지는 못하는 사람들이어서 금세 시들해졌습니다. 이 돌 역시 이제는 장식품이 되었고요.

덤덤한 돌

야무지면서 무던한(?) 돌도 사 봤습니다. 이번에는 처음부터 돌을 사려던 것은 아니고 어항 관련 장식품을 둘러보다가 크고 둥근 돌이 눈에 들어왔습니다. 왠지 안정감을 줄 것 같아 샀더니 눈으로 볼 때도 만질 때도 역시 마음이 편안해졌습니다. 그러면서 큰언니와 엄마가 떠올랐습니다. 언젠가 이것과 비슷한 돌을 버렸다고 말했더니 큰언니가 굉장히 아쉬워하며 말했거든요. "아유, 그걸 왜 버려. 아깝게. 장아찌 담글 때 올려놓으면 좋은데." 그리고 엄마라면 분명 "돈 아깝게 왜 이런 돌을 샀느냐"고 하셨을 것 같아 웃음이 났습니다.

빛나는 돌

그래도 돌이라는 사물 자체는 궁금해서 광물 도감을 한 권 샀습니다. 아쉽게도 제게는 어렵기만 하고 알고 싶은 내용은 찾을 수가 없었습니다. 그러다 작은 광물 조각이 종류별로 들어 있는 학습용 키트가 있다는 것을 알고는 한번 구입해 봤습니다. 보고 있으면 재밌기는 한데 이름표가 없으면 뭐가 뭔지 알 수가 없더라고요. 제가 돌에 관심을 보이자 남편이 재미 삼아 반짝이는 돌을 몇 개 구입했습니다. 돌에 대해 아는 바가 없으니 자연산(?)인지 공산품인지 모르겠더라고요.

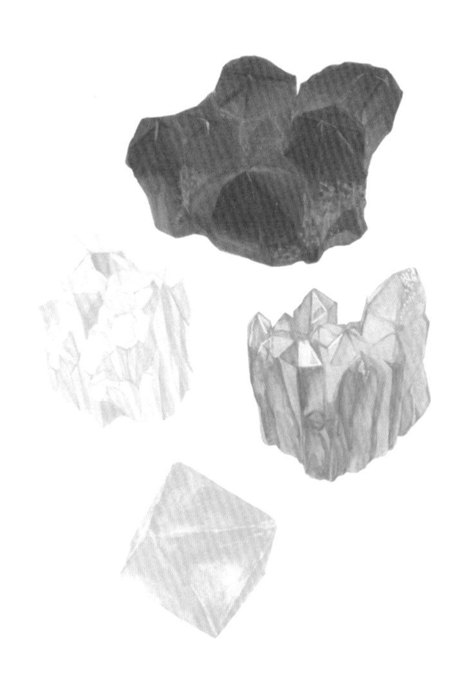

컵

컵은 매일 수시로 쓰는 물건이라 특히나 애정도가 중요하다고 생각합니다. 좋아하는 컵으로 물을 마시는 사소한 만족감에서 일상의 행복이 피어나니까요. 원래 컵은 물을 비롯한 액체를 담아 마시는 데에 쓰는 것이지만 세상에는 장식용으로 쓰는 컵도 참 많습니다. 강아지 얼굴이 툭 튀어나온 컵은 워낙 모양이 특이해서 구입했습니다. '개컵'이라고 부르며 자잘한 것을 넣어서 항상 눈에 보이는 곳에 둡니다. 귀여우니까요.

작은 유리잔은 뭘 담기도 어려울 만큼 작지만 나란히 놓으면 정말 예쁩니다. 하얀 조개껍데기를 이 잔에다 담고 색이 있는 무언가를 놓아서 장식해 둡니다. 보라색 컵은 리빙 페어에서 개인이 만든 제품입니다. 보랏빛도, 시원스러운 모양도 계속 봐도 질리지 않는 매력이 있습니다. 그래서 하나 더 구입하고자 판매자를 찾아봤는데 구입한 지 몇 년이나 지난 터여서 다시 살 수는 없었어요.

새 모양 장식 2

새를 좋아하지만 새와 관련한 상품을 마구 구입하지는 않습니다. 물건을 잘 버리지 못하는 성격이기 때문에 구입할 때는 조금 신중한 편입니다. 그래서 제가 직접 구입한 새 모양 장식은 몇 개 되지 않습니다. 그중에서 가장 아끼는 것은 칼새 나무 조각과 찌르레기 석고 모형입니다. 형태를 귀여움으로 마모시키지 않고 실제 새들의 느낌을 우아하게 표현해 볼 때마다 아름답다고 생각합니다.

꽤 신중하게 물건을 구입한다고 했지만 사실 푸른색 새 장식은 조금 즉흥적으로 사 버렸습니다. 어쩌다 들뜬 기분에 뭐라도 하나 손에 들고 오고 싶은 날이 있는데 이 장식을 산 날이 딱 그랬습니다. 그런 탓에 아무리 봐도 촌스럽기만 하네요.

종이 새장

새를 좋아하지만 새장에다 새를 키울 생각은 없습니다. 그래도 새장은 늘 예뻐 보입니다. 꼭 새를 넣어 키우지 않더라도 장식용으로 있어도 괜찮지 않을까 생각하기도 했지만, 무겁고 자리를 차지하는 물건을 들이자니 선뜻 내키지가 않았습니다. 그러던 어느 날, 문구 코너를 구경하다가 나무와 새만으로 꾸며진 단순하고 우아한 종이 새장을 발견했습니다. 가느다란 실 하나에 달린 이 종이 새장은 창문을 열어 놓으면 이리저리 살랑거립니다. 달아 놓은 지 벌써 십 년이 넘어 꼬질해졌지만 여전히 살랑거리는 모습은 예뻐요.

이 종이 새장은 카드용으로 나온 제품인데도 화려하고 무게감이 느껴집니다. 생김새가 흔치 않아 바로 구입했습니다. 한동안 아껴 두다가 지금 집으로 이사를 오면서 책상 위에 걸어 놓고는 틈틈이 감상하고 있어요.

둥지 모형

어느 해 가을 무렵이었습니다. 동네 산 옆의 공원을 산책하다가 꼬마들의 체험학습 현장을 봤습니다. 숲 선생님이 "여기에서 둥지를 발견했었지요?"하고 묻자 아이들이 "네!"하고 대답했습니다. 아니, 둥지라니! 그곳은 제가 반려견 비단이와 산책하며 뻔질나게 다니던 곳인데 저는 둥지를 한 번도 본 적이 없거든요. 그 후로 둥지를 찾으려고 눈알을 굴려가며 샅샅이 훑어봤지만 아쉽게도 찾지 못했습니다.

그러던 어느 날, 고속터미널역 지하상가에서 둥지 모형을 발견했습니다. 놀랍게도 메추리알인 듯한 실제 알이 여섯 개 들어 있고, 둥지 재료 또한 진짜 나뭇가지에다 색을 입힌 것이었습니다. 와락 반가운 마음에 구입했습니다. 나중에 집에 와서 보니 접착제로 알을 둥지에다 붙여 놨는데 접착제가 꼭 계란 삶다 터진 것처럼 알 옆에 하얗게 붙어 있었습니다. 진짜처럼 보이지만 가짜라는 것을 알려 주기라도 하는 것처럼요. 십년쯤 지나고 나니 이제 나뭇가지들도 삭았는지 자꾸만 부스러기가 나오네요.

물고기 모형

해파리를 키워 보고 싶었습니다. 이리저리 알아보니 키우기가 만만치 않을 것 같아서 마음을 접었지요. 대신에 해파리 모형이라도 사자 싶어 찾아보다가 물고기 모형을 발견했습니다. 만듦새가 조잡하기는 하지만 색감과 디자인이 귀여워서 마음에 들었습니다. 따로 어항이 없어 뚜껑이 고장 난 유리 김치통에 물을 담아 플라스틱 물고기들을 풀어 놓았습니다. 뭔가 허전해 보여서 모형 풀도 하나 사다 넣어 놓고 즐겁게 감상했습니다. 십 년쯤 전에 산 것들이라 이제는 눈알 스티커가 떨어진 모형도 여럿입니다. 그렇지만 여전히 귀엽습니다.

언젠가 예술 전시를 보러 갔다가 충격을 받은 적이 있습니다. 물고기가 자기 몸집보다 많이 작은 어항에 담겨 요란한 비디오 빛을 받고 있었거든요. 하루 종일 좁은 곳에 갇혀 빛 공해에 시달리며 지낼 물고기를 생각하니 예술이라는 단어가 싫어지기까지 했습니다. 어떤 경우에도 예술성이 생명보다 위에 있지는 않을 텐데 말이지요.

바다 생물 껍데기

줄곧 내륙에서만 살아온 제게 바다는 어쩌다 가는 특별한 장소입니다. 그래서 바다에 가면 꼭 완전히 다른 세상에 간 것 같은 기분이 들고, 바다에 사는 생물을 보면 잔뜩 호기심이 생깁니다. 특히나 바다 생물 껍데기에 관심이 많던 시절, 망에 담아 세트로 파는 불가사리와 고둥, 소라, 굴 껍데기를 샀습니다. 이렇게 예쁜 것들을 돈 몇 푼에 살 수 있다는 사실에 감사하면서요. 그리고 모양이 특이한 껍데기는 몇 종류를 더 사서 즐겁게 감상하고 있습니다.

도자기 고둥

바다 생물 껍데기에 빠져 지내다가 급기야는 둥지 모형을 산 곳에서 고둥 모형 세트까지 구입했습니다. 무늬 없이 오로지 형태감만을 살린 도자기 제품은 흔히 볼 수 없기에 얼른 집에 데려왔습니다. 새하얀 고둥 모형에다 오래전에 친구가 준 반짝반짝한 플라스틱 팔찌를 무심히 올려 봤더니 참 잘 어울렸습니다. 꼭 서로가 서로를 빛나게 해 주는 조명 같아서 이 둘은 세트처럼 항상 함께 둡니다.

산호

바다 생물 관련 사물로 가장 마지막에 들인 것이 산호입니다. 구입할 때는 미처 생각하지 못했지만 이제는 선반에 장식해 놓은 산호를 볼 때마다 마음이 복잡해집니다. 바닷속 산호가 저 같은 인간들의 욕구를 채워줄 만큼 형편이 좋지는 않기 때문입니다. 바다에 살던 산호가 상품이 되어 제 선반에 놓이기까지 과정에 대해 아는 바는 없지만 환경에 좋지 않은 일을 한 것 같은 찜찜함이 날로 커집니다. 조개나 소라 껍데기는 어쨌든 사람이 먹고 남긴 것이라 큰 문제는 아닐 듯하지만 산호는 경우가 다르니까요. 일단 사람이 먹을 수 있는 생물이 아니고, 자라는 데에도 오래 걸리며, 온도 영향도 많이 받아 기후 위기에 특히 취약합니다. 게다가 산호초는 다른 바다 생물의 서식처가 되어 주기에 바다 생태계에서 산호는 아주 중요한 생물입니다. 그래서 산호를 볼 때마다 자연물을 장식용으로 구입하는 일에 대해 두고두고 생각해 보게 됩니다.

도자기 동물

언젠가 남대문 시장에서 산 도자기 동물들입니다. 어디에 어떻게 놓아도 그 공간을 편안하고 생동감 있게 만들어 주는 묘한 물건들이지요. 쪼로니 놓아 두면 꼭 살아나서 자기들끼리 수다를 떨 것만 같습니다. 저에 대한 이런저런 품평도 하면서 말이죠. 그래서 이 녀석들을 보고 있으면 긴장이 풀립니다. 세상에 이렇게 무해하고 귀여운 것만 있다면 제 마음도 조금 더 둥글어졌을까요?

비단이를 닮은 것

반려견 비단이가 세상을 떠나고 난 뒤 저는 비단이와 비슷한 느낌이 나는 사물을 두 개 구입했습니다. 그중 하나가 작은 목마 장식입니다. 만듦새가 거칠고 투박한데도 꼭 따뜻한 기억을 품고 있는 듯해서 처음 봤을 때부터 정이 갔습니다. 아마 목이 굵고 짧은 모양새가 꼭 비단이와 닮아서였나 봅니다. 나무로 만들었지만 무게는 거의 나가지 않습니다. 가격이 저렴하니 좋은 나무를 썼을 리는 없겠지만 꼭 제 마음의 무게를 줄여주는 듯해서 이 가벼움까지 마음에 듭니다.

또 다른 하나는 못생긴 오리 인형입니다. 오리를 좋아하기도 하지만 이 인형이 품은 귀여움이 비단이와 닮아서 곁에 두고 싶었습니다. 지금도 모니터 옆에 달아두고는 늘 보고 있습니다.

CHILDREN
DERRYDALE
EDICIONES EKARE
PRISMACOLOR
FORNASETTI

남편이 산 인형

원래 쇼핑에 관심이 없는 남편이 저를 위해 이것저것 물건을 사던 시기가 있었습니다. 무슨 사슴 농장을 차릴 것처럼 한꺼번에 산 사슴 인형도 그중 하나였지요. 다행히 이 인형들은 제 취향과도 꼭 맞았고, 제일 마음에 드는 녀석은 가방에 달고 다녔습니다. 어느 날 잃어버리긴 했지만요.

남편이 나중에 작업 자료로 쓸 거라며(몇 년째 그런 일은 없었습니다) 구체 관절 인형을 두 개 샀습니다. 저는 이 아이들에게 '린넨'과 '코튼'이라고 이름을 붙여 줬는데, 누가 린넨이고 코튼인지는 까먹어 버렸습니다. 큰 인형은 다리를 똑바로 펴도 자꾸만 무릎이 굽어집니다. 반대로 작은 인형은 뻗정다리가 됩니다. 둘 다 얼굴이 예뻐서 당연히 여자라고 생각했는데 나중에 보니 작은 인형은 남자였습니다. 문화 충격이라고 할까요? 구체 관절 인형에는 관심이 없어서 몰랐는데 여러 모로(?) 정교하더군요. 처음에는 어릴 때 하던 것처럼 양말을 잘라 인형들 옷이라고 입혔습니다. 그런데 너무 빈티가 나는 것 같아 나중에는 대충 바느질을 해서 옷을 만들어 줬습니다. 사실 빈티도 빈티지만 그나마 공을 들여 옷을 만든 까닭은 인형을 위해서라기보다는 저의 안녕을 위해서였습니다. 저는 이렇게 인간과 꼭 닮은 종류 인형을 조금 무서워합니다. 아무래도 어릴 때 본 공포 영화 영향인 것 같은데, 이런 인형은 왠지 서운하게 다루면 꼭 복수할 것만 같거든요. 늘 저를 지켜보는 것 같기도 하고요. 같은 이유로 큰 곰인형도 조금 꺼려지고요. 이 녀석들은 작년에 집 정리를 핑계로 상자에 넣어 놨는데 부디 나쁜 마음먹지 말고 얌전히 있어 주기를.

리본 핀

태어날 때부터 지금껏 저체중으로 살아온 제게 풍성한 것은 머리숱뿐입니다. 이런 이야기를 하면 많은 탈모인이 눈을 흘길 것 같지만 머리숱이 많고 살짝 곱슬이어도 고민은 있습니다. 저는 리본 모양을 좋아하고, 작고 귀여운 것도 좋아합니다. 그래서 앙증맞은 리본 핀을 머리에 꽂고 싶은데 취향은 취향일 뿐, 작은 리본 핀으로는 제 머리숱을 감당하지 못합니다. 그렇다고 큰 리본 핀을 하기는 부담스럽고요. 오랜 경험으로 제게는 쓸모가 없는 물건이라는 것을 잘 알지만 어쩌다가 한번씩은 자그마한 리본 핀을 삽니다. 순전히 눈요기용으로요.

둥그런 것

작고 동그스름하고 투명한 이 꽃병은 조금만 세게 잡아도 부서질 것처럼 얇고 가볍습니다. 도무지 꽃병으로서 역할은 못할 것 같아서 비슷하게 둥글고 가벼운 것들과 짝을 지어 줬습니다. 여기저기 굴러 다니던 둥그런 것을 넣었을 뿐인데 수납도 되고 장식도 되니 꽃병이 단단해 보이기까지 합니다.

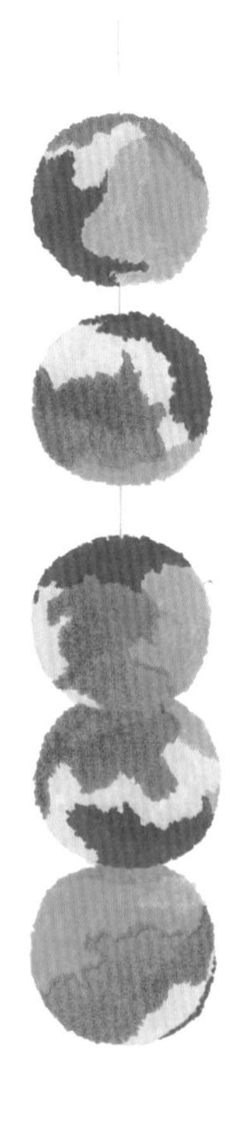

책갈피 재료를 사려고 인터넷 쇼핑몰을 둘러보다가 알록달록한 털공이 눈에 띄어 구입했습니다. 탁구공보다 살짝 크며 부드러운 인조 섬유로 만들어진 공예용 재료입니다. 실로 꿰어 벽에 조르르 달아 놓고는 둥그런 모양새와 가벼운 느낌을 가만히 즐깁니다.

새 그림을 넣은 미니 상자

귀여움을 느낄 수 있다는 것 빼고는 도무지 쓸모가 없는 물건입니다. 스스로 귀여움을 창조했다는 뿌듯함을 느끼는 용도로 가끔 상자를 열어 봅니다. 원래는 일러스트 페어에서 판매할 목적이었지만 일일이 접고 자르고 붙이는 과정이 힘들어 많이 만들지 못했습니다.

책갈피

책을 많이 읽는 편은 아니지만 책이라는 형태를 좋아합니다. 종이 묶음 덩어리에 인간이 깨닫고 상상한 모든 것이 담겨 있으니까요. 그래서 책 아니고서는 쓸모가 없는 책갈피를 만들었습니다. 긴 사각형에 리본이 달린 평범한 책갈피를 만들고 나니 다음에는 재미 요소를 더하고 싶어졌습니다. 읽었던 부분을 가리킬 수 있도록 손 모양으로 만들어 보기도 하고, 손에 쥐는 물건이니 촉감도 중요하다고 생각해 부드러운 털 원단

을 써서 만들기도 했습니다. 손으로 무언가를 만든다는 즐거움에 빠져 한때는 일러스트 페어에서 팔기도 했지요. 그런데 정작 저는 제가 만든 책갈피를 잘 쓰지 않았습니다. 가만 생각해 보니 저는 거의 책날개를 책갈피로 삼더라고요. 이제 책갈피는 더 이상 만들지는 않고 만들어 놓은 것들만 선물용으로 잘 쓰고 있습니다.

사치와 과잉의 시대
넘쳐나는 사물 사이에서 잃어버린
'무언가를 아끼는 마음'을 찾고 싶었습니다.